KB186567

조금 불편해도 나랑 노니까 좋지

일러두기

- 이 책의 제목 '조금 불편해도 나랑 노니까 좋지'는 전북맹
아학교 특수교사인 김성은 작가의 『점자로 쓴 다이어리』
(신아출판사, 2021)에서 빌려 온 것입니다. 시각장애를 가진
엄마와 비장애 딸이 함께 워터파크에서 즐겁게 보낸 날의
대화를 옮긴 문장으로, 감각과 움직임이 서로 달라 생기는
불편함보다 함께 어울릴 때의 즐거움을 잘 담고 있기에 김
성은 모녀의 허락을 받아 이 책의 제목으로 씁니다.

- 만화 속 원일이의 말 중에서 청음인에게 들리는 소리 그대
로 쓴 경우에만 말풍선을 점선으로 그렸습니다.

조금 불편해도
나랑 노니까 좋지

나와 원일이 이야기

김나무

위고

이것은 청각장애인과 형제인 비장애인의 이야기다.

내가 하고 싶은 이야기는 늘 집, 가족, 은신처에 대한 것이었다. 그리고 내 동생 원일이는 그 이야기를 풀어 나가는 열쇠 같은 존재였다. 하지만 함께 자라왔고, 가족이고, 너무 익숙하고 당연해서, 내가 무슨 이야기를 하고 싶은지 알기 위해서 원일이에 대해 고민해야 되겠다고는 생각해본 적이 없었다.

언젠가 〈목소리의 형태〉라는 애니메이션을 보는데 청각장애인 주인공의 동생 유즈루가 나올 때마다 '아, 형제에게 장애가 있으면 과하게 행동하게 되는 게 있지…' 하며 유즈루에게 나 자신을 대입하고 있다는 걸 알아차렸다. 그리고 문득 궁금해졌다. 나 같은 아이들이 많을 텐데 그들은 어떻게 지낼까?

그 궁금증을 계기로 '비장애 형제'라는 용어가 있다

는 것을 알았다. 비장애 형제 모임이 있다는 것도 알게 되었다. 그 모임의 소개 글 중 "형제에 대한 복잡한 감정, 장애 형제가 있는 가정에서 자란 어려움, 나에 대한 부모님의 기대와 차별, 타인의 시선, 그리고 무엇보다도 비장애인인 내가 가지는 죄책감이나 괴로움까지. 장애 형제와 함께 살아온 경험은 다른 누구에게 이해받거나 설명하기 매우 어렵습니다"*라는 구절은 특히 인상 깊었다.

나는 이해받지 못한다는 감정을 줄곧 외로움으로 연결시키곤 했다. 장애 형제에게 맞춰진 양육 환경 속에서 어떤 종류의 사회성이나 처세술을 혼자서 부딪쳐 익혀야만 했고 그건 쉽지 않은 일이었다. 너무 힘들어진 나는 고립되는 사람이 되기보다 차라리 고립시키는 사람이고 싶었다. 그건 우리 가족이 근본적으로 벗어나지 못한 어려움의 벽이 한 뼘 더 높아지는 일에 일조하는 행동이었는데도 그랬다. 심지어 한동안은 가족과 거리를 두고 살아가는 스스로에게 만족했다.

* 장애 형제를 둔 청년들의 자조 모임 '나는'(www.nanun.org) 소개 글 중에서.

학창 시절을 돌이켜보면 친구들이 원일이에 대해 질문하거나 놀렸던 일들이 내게 상처가 되지는 않았다. 그런 일이 생기면 나와는 별로 친하지도 않은 애가 나타나서 '너 그런 말 하면 안 돼' 하고 지나가기도 했다. 개인의 선의와 도덕성이 심한 혐오나 차별을 막아주긴 했지만 장애가 무엇인지, 장애인과 어떻게 지내야 하는지에 대한 공통의 이해나 고민 같은 건 존재하지 않았다. 심지어 우리 가족에게도 그런 개념은 없었다. 원일이가 장애인이라 안타깝고 그런 현실을 최대한 나아지게 하려고 발버둥 치는 노력은 분명히 있었다. 사회적으로 합의된 내용 없이 개인들이 할 수 있는 노력이란 거기까지였다고 생각한다. 우리는 서로 호의를 가지고 그리고 때로는 타인의 호의를 기대하며 어려움을 헤쳐나갔지만 우리 가족의 상황을 이해하기 어려운 다수의 사람들 속에서 자주 고립되었다. 가끔은 동정심을 가진 따뜻한 사람들의 도움을 받기도 했다. 하지만 동정은, 이해와는 다른 것이었다. 냉장고와 드라이아이스만큼이나 다른 것이었다.

장애인 가정에서 자란 나의 어린 시절은 외로움과

고요함 그리고 혼란으로 가득 차 있었다. 어려움을 겪던 그 시절이 문득 떠올라 서글퍼지면 그 사이사이에도 즐겁고 놀랍고 좋았던 순간이 분명 있었다고 스스로를 달래곤 했다. 어쩌면 소리를 제외한 채 동생과 내가 몰두하던 놀이들이 나의 고유함을 만들었을지도 모른다면서.

순수하게 원일이와 어울리던 시기로 기억을 거슬러 올라가보면, 분명 나와 원일이가 잘 보호받았고 행복한 순간들을 보냈다는 사실이 존재했다. 그 사실을 발견했을 때 자꾸 그런 것들을 기억해야 한다고 생각했다.

사는 일을 더 잘하기 위해서 기억해낸 것들을 기록하기 시작했다. 이 책을 쓰면서는 나와 비슷한 환경에서 성장한 사람들은 어땠는지, 지금 장애인의 형제자매 어린이들은 어떻게 지내고 있는지 궁금하기도 했다. 궁금해지는 만큼 기억들을 꼼꼼히 더듬어보려고 애썼다.

나는 가족을, 내 청각장애인 동생을, 그 애와 함께 성장해온 나를 이해하고 싶었다. 최소한 나 자신에게라도 잘 설명하고 싶었다. 그래야 언젠가 내가 어머니가 되었을 때 아이에게 적어도 동정심과 이해심을 구분해서 가르쳐줄 수 있는 사람이 될 것 같았다. 내가 겪은 어려움과 저지른 실수가 무엇인지 알고서 그것을 반복하지 않는 사람이 될 수 있을 것 같았다. 단서는 사랑이었고, 내가 언제 가장 사랑이 많았는지 생각해보니 아무래도 어린이 때였다. 그리고 어린이였던 시절 내 곁에는 늘 원일이가 있었다.

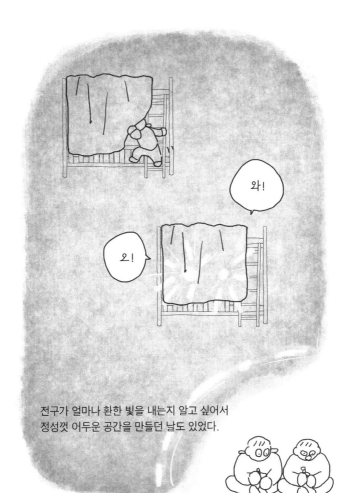

전구가 얼마나 환한 빛을 내는지 알고 싶어서
정성껏 어두운 공간을 만들던 날도 있었다.

차례

2부 　　　　　　　**원일이와 성은이**

3부   **원일이와 현민이**

내 동생 원일이

1부

원일이는 막 말을 시작하던 무렵에 청력을 잃었다.
짧았던 시간 동안은 묻는 말에 대답도 잘했고 말도 잘했었다.
'꿈돌이' 장난감 얘기를 많이 했던 게 기억난다.

청력을 잃기 며칠 전에는
심한 고열에 시달렸다.

살면서 열감기 한번
앓지 않는 사람이 있을까.

성은이도
감기가
왔나네….

18

하지만 그 열감기 때문에 누구나 청각장애인이 되진 않는다.

원일이에게 일어난 일이
나에게는 일어나지 않았다.

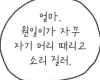

엄마,
원일이가 자꾸
자기 머리 때리고
소리 질러.

나에겐 일어나지 않은 일이 원일이에겐 일어났다.

어느 날 갑자기 누구라도 장애인이 될 수 있는 것이다.

아주 큰 병원에 다녀온 이후로 엄마 아빠는
슬퍼했다가, 화를 냈다가, 여기저기에 전화를 했다가, 울었다.

나는 그냥 평소처럼 즐겁고 싶었지만
그런 걸 바라면 안 된다는 걸 느낄 수 있을 정도로
집안 분위기가 어두웠다.

무력한 내가 절망으로 무력해진 사람들에 대해 생각하면서

발견한 좋은 것도 있다.
이제는 내가 듣고 싶은 말을 스스로에게 해주는 방법을 안다.

자신을 달래고 운명을 원망하지 않고 용기를 내는 일에 대해
오랜 시간 생각해왔다.

엄마가 병원에서 울던 날로부터 며칠 뒤
원일이의 귀가 더 이상 들리지 않게 되었다는 사실을 알았다.

엄마의 모험

동네 앞 큰 사거리를 지나가다가 구청에서 만들어 걸어
놓은 현수막을 보았다. 난청 검사와 청각장애 언어치료를
지원한다는 문구와 함께 상담 전화번호를 안내해놓은 것
이었다. 스마트폰으로 검색 한 번이면 내가 찾는 것이 어
디에 있는지 쉽게 알 수 있는 세상이다. 그래도 저 커다란
안내 글을 보고 누군가는 필요했던 정보를 얻었다며 안도
할지도 모른다.

　문득 궁금해졌다. 1994년의 엄마는 청각장애2급 판
정을 받은 원일이를 데리고 어디에 가야 하는지를 어떻
게 알아냈을지. 누가 엄마에게 어디로 가보라고 알려줬
을지.

　1994년, 잘 들을 수 있었고 좀 늦되긴 했지만 조금씩
말을 시작하던 네 살의 원일이가 청각장애인이 되었다.
엄마에게는 좌절하는 것보다 급한 일들이 있었다. 엄마
는 이 사람 저 사람을 통해 우리가 살던 평택의 서정리역

근처에 언어치료실이 있다는 정보를 전해 들었다. 수소문을 해서 주소를 알아냈고, 원일이를 데리고 무작정 그곳을 찾았다.

그렇게 찾아간 언어치료실은 '다양한 이유'로 언어치료를 받아야 하는 사람들이 모여 치료를 받는 곳이었다. 청각장애, 자폐, 언어장애…. 엄마는 어린 원일이가 그곳에서 알맞게 세분화된 치료를 받기는 어렵겠다고 생각했다. 집에서 멀더라도 더 나은 교육시설을 찾아야 했는데, 마침 원일이가 청각장애를 진단받았던 병원의 의사 선생님으로부터 청각장애인에게 구어(구화)를 가르쳐 주는 교육기관이 서울에 있다는 얘기를 전해 들었다.

엄마는 그 선생님의 누나에 대해서도 들었다. 그분도 청각장애인이었는데 구어를 배워서 장애인을 위한 특수학교가 아닌 일반학교를 졸업했고 비장애인과 결혼해서 잘 살고 있다는 얘기를. 엄마는 그때 구어를 잘 가르치면 원일이도 그렇게 일반학교에도 가고 비장애인과 결혼도 해서 그 의사 선생님의 누나처럼 살 수 있을지 모른다는 기대를 품었을지도 모른다.

엄마 선생님이 그러시는 거야. 구어를 배우면 입 모양도 크고 말도 크게 해야 되니까, 밖에 나가면 사람들이 자기 가족이 싸우는 줄 알았대. 그냥 대화하는 건데.

나 엄마. 우리 가족도 그랬어.

엄마 어머, 그랬니? 우리도 그랬니?

그렇게 엄마는 다섯 살 원일이의 손을 붙잡고 서울에 있는 '청음회관'을 찾아갔다.

처음에 원일이는 함께 공부를 할 또래 '짝 친구'가 없다는 이유로 입학을 거절당했다. 엄마는 혹시라도 '짝 친구'가 생기고 '반'을 만들 수 있게 되면 꼭 연락을 달라고 사정사정하고선 집으로 돌아왔다.

운이 좋았던지 두 달 만에 나타난 '짝 친구'와 함께 한 반을 꾸리게 되어 원일이도 서울에 있는 청음회관에 구어 수업을 받으러 다닐 수 있었다.

가난한 형편에, 장애가 있는 가족. 이런 가정은 어떻게 어려움을 헤쳐나가야 할까? 엄마는 그냥⋯ 열심히 했을 것이다. 혼자서 울거나 속상해하거나 어쩔 수 없는 일들을 매일 경험했을 것이다. 원일이의 손을 붙잡고 그 먼

거리를 버스를 타고 오가면서, 어느 날에는 청음회관에
갈 교통비조차 없다는 것을 확인하면서….

엄마   그런데, 원일이가 수업 마치고 돌아오는 버스
를 타기 전에 꼭 김밥을 한 줄 먹어야 했어. 걔는 그걸
안 먹으면 안 되는 거야.

나   덩치도 크고 잘 먹었으니까 배고팠을 거야.

엄마   어떤 날은 김밥을 사줄 돈이 없어. 그래도 원일이
가 그걸 이해할 수 있겠니. 김밥을 못 먹으면 난리가 나.

나   아이고.

엄마   그때는 그랬어. 어느 날에는 버스비가 없어서
언어치료를 못 간 날도 있었어.

나   버스비가 얼마였는데?

엄마   얼마였지? 평택 서정리 터미널에서 서울 남부
터미널까지 이천 몇백 원 했을 거야. 원일이가 어릴 때
는 그냥 무릎에 앉혀서 다녔는데 애가 좀 자라고부터
는 따로 표를 끊어야 된다는 거야.

나   그 돈이 없었어?

엄마   없었어. 그때 그랬어.

원일이가 초등학교에 들어갈 즈음 청음회관의 언어 치료 선생님들은 원일이를 서울에 있는 농학교에 보낼 것을 권했다. 하지만 지방에 살고 있고 경제적으로도 어려움이 많은 우리 집에서 원일이를 서울까지 유학 보내기란 불가능한 일이었다. 원일이는 내가 다니던 초등학교를 몇 년 뒤 따라 입학했다.

초등학교, 중학교, 고등학교까지 일반학교를 다니는 것은 원일이에게 쉬운 일이 아니었다. 엄마는 같은 반 아이 어머니들과 친분을 유지하려 공을 들였고 원일이의 숙제나 준비물을 빠뜨리지 않고 챙겨주기 위해 부단히 노력했다. 자주 학교에 따라다녔고 원일이의 반 아이들 이름을 거의 알았다. 하지만 엄마는 내 친구들의 이름은 자주 잊어버리곤 했다. 민정이더러 은정이라고 했고 우리 집에 놀러 온 친구도 잘 기억하지 못했다. 엄마가 원일이의 친구들 이름을 모두 정확하게 기억하고 부르는 것, 나는 그런 게 부러웠었다.

그러니까 언젠가 너무 외롭던 시절에는 장애인 동생을 가져 적게 보살핌받는 누나인 나를 누가 동정하는 것 같으면 그런 동정심마저도 소중하게 느껴졌다. 하지만 이제 나는 외로움이나 위로받고 싶은 마음에 집중하기보다는 각자의 삶을 더 알고 존중해야 한다는 것을 알 만큼은 나이를 먹었다.

　나는 내가 가여운 만큼 원일이에게 바친 엄마의 젊은 시절과 아름다움과 눈물을 동정했었다. 하지만 거기엔 그저 동정만 하기엔 너무나 선명한 엄마 자신의 선택과 노력이 있었다. 장애인 아들을 어떻게 보살필지 결정하고 선택의 결과들을 감당해낸 실천의 시간들이 있었다. 이상한 일이지만 그렇게 엄마의 지나온 삶을 존중하고 이해해보려고 하면 나의 외로웠던 시간도 위로받는 기분이 든다.

　감당하기 어려운 거대한 운명을 던져주고 신이 바라는 게 뭔지 모르겠다. 나에게는 노력하는 사람들이 신이다. 내가 믿는 건, 사람이 어떻게든 자신의 의지와 희망과 곁에 있는 사람을 포기하지 않을 수 있다는 것이다.

뭐가 중요한데

원일아,
엄마가 수박
먹으래.

두바.

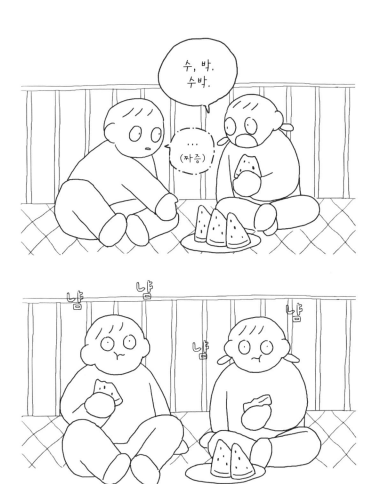

수박을 정확하게 발음하는 일보다
수박을 빨간색이 하나도 보이지 않게 먹는 일이
훨씬 재미있었다.

가족인 나라고 해도 원일이와 대화를 나누면서
백 퍼센트 소통하는 건 아니었다.

근데
민지가 하얀색
매미 본 적
있다고 했어.

진짜래.

어이말,

배비가
당도에 이연
이다아 마 나오머
아야새이야.*

뭐?
2년이나?

이어
바.*

진짜네.

* "거짓말, 매미가 땅속에 7년 있다가 막 나오면 하얀색이야. 이거 봐."

사실 누구와도 백 퍼센트 말로만 소통하는 건 아니다.
'비언어적 의사소통'으로 모자란 부분을 채울 수 있다.

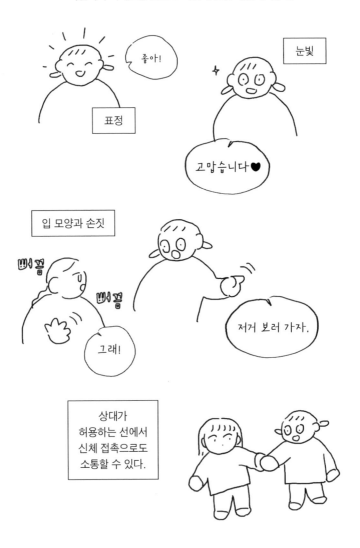

다행히 '듣기', '말하기', '쓰기'를 처음 배울 무렵엔
서로를 덜 구분 짓고 더 어울렸었다.

피차 어설펐으니까.

다른 아이들이 기초적인 '듣기', '말하기', '쓰기'를 다 배운 무렵부터
원일이는 외로워졌다.

원일이만 어설펐으니까.

원일이는 '말하기'를 보충하려고 '쓰기'를 사용하기도 하고
'듣기'를 보충하려고 '쓰기'를 제안하기도 했다.

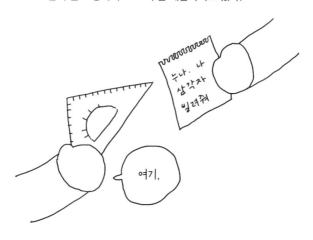

누군가 그 소통법을 거절하면
어쩔 수 없었을 것이다.

세 개의 언어

서른 살이 되던 해에 나는 새로운 가족 공동체를 만들었다. 상대는 영어를 모국어로 하는 사람. 그리고 한국어가 서툴렀다. 나는 한국어를 모국어로 하는 사람이고 영어가 서툴렀다.

어느 날 우리가 한국어로 대화하는 모습을 지켜보던 친구가 말했다.

"너 대단하다. 계속 반복해서 말해주네."

또 언제였던가, 뜨개질 수업시간에(내가 선생님이었다) 만난 학생 한 명이(이 학생과는 나중에 친구가 되었다) 말했다.

"네가 학생들한테 같은 말을 지치지도 않고 수십 번씩 다시 해주는 게 진짜 신기했어."

처음엔 내가 인내심이 있다는 듯이 말하는 사람들이 신기했다. 같은 말을 여러 번 반복하는 건 나에게 지루하거나 힘든 일이 아니다. 어렸을 때부터 반복해온 일이어서 그냥 익숙해져 있는 일이다.

원일이는 수어를 하지 못한다. 청각장애인을 위한 구어 학습법을 통해 구어를 배웠다.

원일이가 "나무"를 말해도 나에게는 "다무"라고 들린다. 'ㄴ'은 원일이가 인식한 언어 체계를 거쳐 원일이가 발음 가능한 방식으로 발화되고, 내가 아는 언어 체계에서 원일이가 발음한 'ㄴ'은 'ㄷ'으로 들린다. 그러면 나는 비장애인의 발음으로 그것을 교정한다.

"아니, 다무 아니고 나무."

"다무."

"니은, 느, 느, 나무."

"ㄷ나무."

"(약간 아쉽지만) 그래. 잘했어."

우리 가족이 원일이와 이야기를 나눌 때면 늘 이런 식이었다.

만약 내가 수어를 배웠다면 나도 했던 말을 다시 하는 일은 조금 귀찮아하는 사람이 되었을까? 원일이가 나의 서툰 수어를 바로잡아주는 일들이 생겼을까?

최초의 가족과 현재의 가족 사이에서 나는 모두 세 개의 언어를 익혔다. 청각장애인의 한국어, 비장애인의 한국어, 그리고 비장애인의 영어.

영화 〈헤어질 결심〉을 볼 때, 해준과 서래가 핸드폰 번역기를 통해 소통하는 장면이 그토록 세련되고 우아하게 그려진 것에 나는 어쩐지 왈칵 눈물이 나올 것 같았다. 내가 나 자신을 잃지 않고 여기까지 올 수 있었던 데에는 나를 이해하고 나의 소통법을 지지하는 사람들과 의지해온 시간들이 있었다. 모든 부분에서 비장애인에게 더 많은 기회가 주어지도록 구성된 사회에서 내가 해준을 만난 서래처럼 이야기를 들어주고 이야기를 해주는 사람들을 만나는 동안 원일이는 어땠을까.

그 애는 아직도 어딘가 먼 곳에서 다른 언어로 닿지 않는 사람들과 닿기 어려운 대화만 나누고 있는 것 같다. 그 사실이 너무 어렵고 커다래서 오랫동안 모르는 척을 했다. 생각하지 않으면 편했다.

질문

장애엔 완쾌가 없다.

장애는 질병이 아니니까.

예민한 애

나와 원일이는 책을 많이 읽는 애들이었다. 집 근처 도립 도서관에서 가방 가득 책을 빌려 집으로 가져와 읽는 게 일상이었다. 그 결과 나는 왠지 정서적으로는 미숙한 주제에 언어 발달이 또래보다 빠르고 생각이 많고 예민하기까지 해서 다른 애들 보기에 재수 없는 애가 되기 딱 좋았다.

그날은 내가 짝꿍의 심기를 더 불편하게 했을 것이다. 다른 2학년 어린애들처럼 평범하고 귀엽게 싸웠으면 좋았을 텐데, 나도 걔도 말을 가지고서 좀 징그럽게 싸우는 게 익숙했던 것이 화근이었다. 분명 싸움의 원인은 지우개라든지 아무튼 별것도 아니었을 것이다. 서로 성질을 돋우는 말을 몇 차례 주고받다 결국 화가 머리끝까지 난 짝꿍이 나에게 이렇게 말했다.

"네가 그렇게 못됐으니까 니 동생이 귀가 안 들리는 거야."

불운을 미처 피하지 못한 사람들에 대해 오랫동안

생각해왔다.

　그러면서도 한 발짝 떨어져 지켜보기만 하는 사람처럼 나 자신의 인생과 관련지어 생각하려 하지 않았다. 더 나이를 먹고서 '회피'라는 단어를 그런 모습을 표현하는 데에도 쓴다는 것을 알게 되었다. 어떤 사고에 휘말린 인생에 대해 운이 좋았는지 나빴는지 열심히 생각하면서도 항상 그 안에서 나는 쏙 빼놓곤 했다. 난 운이 좋아, 그렇게만 생각하면 편했다. 심지어 그렇게 말하는 나 스스로가 긍정적인 삶의 태도를 가진 사람처럼 보이는 것 같았고 그것도 나쁘지 않았다. 주변 사람들도 그렇게 말하곤 했으니까. 넌 다행이다, 하고.

　깔끔히 정리되지 못한 마음은 있어야 할 자리를 알지 못하고 여기저기 지저분하게 널려 있어서 나의 긍정은 힘이 약하고 그래서 나는 가끔 중심이 없는 사람처럼 살았다. 어느 날 나에게 감당하기 어려운 불행이 닥쳐온다면 그때는 더 이상 살고 싶지 않을지도 모른다고 생각한 적도 있었다. 만약에 어느 날 갑자기 눈이 보이지 않게 된다면, 걷지 못하게 된다면, 말할 수 없게 된다면… 그렇지만 사는 일이 이렇게 좋은데 어쩌나 하는 고민을 했다.

나 역시 평범하게 운이 없고 평범하게 괴로웠던 거라고 나이를 한참 먹고 나서야 깨달을 수 있었다. 그 모든 울화와 불안, 운이 좋고 다행인 삶이니 존재할 리 없다며 무시해왔던 곪은 부분들까지도.

초등학교 때 학교가 끝나고 집에 돌아가 현관문을 열면 집은 어둡고 엄마는 침대에 누워 있었다. 엄마가 1년 365일 내내 그렇게 누워만 있었던 것도 아닌데 하교 후 풍경을 떠올리면 그런 것만 생각나는 것이다. 나는 책가방을 내려놓고 잠든 엄마를 가만히 바라보곤 했다. 엄마가 죽고 싶어 할까 봐, 엄마가 죽었을까 봐, 아니면 언젠가 엄마가 죽을까 봐 두려웠다. 엄마가 숨을 쉬는지, 누운 엄마의 가슴이 가만히 오르내리는지를 지켜보았다. 공포와 불안은 힘이 세다. 그런 게 왜 그렇게 힘센 기억인지, 어째서 도저히 벗어날 수가 없는 기분인지 알고 싶었다.

그 애와는 6학년 때 다시 짝이 되었다.
별일 없이 평범하게 지냈다. 어느 날이었던가 정말 아무 특별한 일도 없던 어느 날에 그 애가 불쑥 그때는 정말 미안했다고 말했다. 한참 전 일을 계속 마음에 담아 두고 있었던 걸까? 타인의 불운에 대해서 그렇게 말한 일이 그 애의 마음속에서 조금은 걸리적거렸던 걸까? 하지만 나는 그 일을 기억도 못하고 있었다. 오히려 그날 사과를 받았기 때문에 기억해버렸다. 그 애 말마따나 내가 성질이 못돼서 원일이가 그렇게 된 거라고 하더라도 불운은 원일이의 몫이었다. 그러니 나는 그날 그 애의 말에 받은 충격을 금세 잊어버리고 말았던 것이다. 그래서 그 애가 타인의 불운을 함부로 말한 일에 대한 무거운 마음을 나에게 사과하는 것으로 덜어낼 때에도 그 일을 나와는 상관없는 것으로 여겼다. 그래도 원일이가 내 형제이기 때문에 불운한 사람들에 대해 생각하는 일을 완전히 멈출 수는 없었다. 그럴 때마다 실체도 없는 괴로움들이 즐거워하면서 나를 향해 다가오는 것처럼 느껴졌다.

그래도 자신이 뱉은 못된 말을 4년이 지나도록 잊지 못하다가 사과를 구하려고 했던 한 어린이의 순수하고 책임감 있는 마음을 떠올리는 일은 사는 데 도움이 된다.

나는 '운이 없다'는 것에 대해서라면 분명히 다른 애

들보다는 더 일찍 고민을 시작했다. 그러니까 "난 운이 좋아"라면서 선언해버리듯 그 고민을 마치고 싶었던 것이다. 삶이 계속되는 한 불운과 행운은 예측할 수도 피할 수도 반길 수도 없는 노릇인데도.

운이 없는 나를 상상하면 금세 슬퍼지곤 했다. 그런데 운이 없는 다른 사람에 대해 생각하면 더 슬펐다. 타인의 삶을 똑바로 마주 보는 일은 가끔 괴롭고 슬픈 일이었다. 그런 식으로 슬플 때마다 불운과 슬픔의 바로 뒤편에 사랑과 기적이 있다고 생각하면 조금은 마음이 평온해졌다. 실체 없는 슬픔이나 괴로움에 휩싸이지 말고 내가 할 수 있는 일을 하자고 마음먹을 수 있었다.

65

장
래
희
망

성은이가 나중에
사회복지사가 되면
엄마는 참 좋겠어.

복지사?
그게 뭐야?

윈일이 같은
장애인들 도와주는
일 하는 거야.

그런데
내가 하면
좋아요?

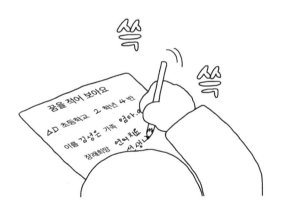

심심한 애

엄마와 원일이가 버스로 청음회관에 다니기 시작한 시절에는 따라다닐 이유가 없었지만 몇 년 뒤엔 우리 집에도 차가 생겼기 때문에 가끔 청음회관에 따라가야 했다. 그 전에는 원일이와 엄마가 서울에 가면 집에서 엄마를 기다리거나 친구들 집에서 시간을 보내곤 했는데 차가 생긴 후로 부모님은 가족이 다 함께 움직이는 게 낫다고 생각하셨던 듯하다.

청음회관에서 내가 할 수 있는 일은 그저 시간을 흘려보내는 것 말고는 없었다. 항상 심심했다. 그래도 거기에 가면 가까이에 엄마나 아빠가 있고 원일이도 있으니까 심심한 것과 상관없이 좋았다.

나는 그곳에서 계단을 오르락내리락하면서 놀거나 1층에 마련된 어른들이 읽는 책이 잔뜩 있는 회의실 같은 곳에서 시간을 보냈다. "성은아 여기서 책 읽자" 하고 아빠는 나를 그 방으로 데려갔다. 한글로만 쓰여 있었다 해도 이해하기는 어려울 내용이었는데 한자가 반 이상인

책들만 가득한 방에서 내가 읽을 수 있는 책은 없었다.

내가 너무 심심해 보였는지 언제부턴가 원일이가 언어치료 수업을 받는 공부방을 들여다볼 수 있게 해주었다(그 전까지는 차단당했다). 거기엔 알록달록 여러 가지 모양의 학습 도구과 장난감이 있었다. 난청 아동이 수업에 집중할 수 있도록 선생님들이 신경 써서 준비한 학습 재료들은 할 일 없이 건물 안을 돌아다니고 있는 비장애인인 나에게는 부러운 것이었다. 나도 교실에서 원일이나 다른 애들과 함께 수업을 받고 싶었다. 걔들이 뭘 배우는지와는 상관없이. 그게 혼자서 시간을 보내는 일보다는 나을 것 같았다.

교실 밖에서는 원일이가 수업을 받고 있는 모습을 유리창 너머로 지켜볼 수 있었는데 나중에 수업이 끝나고 교실 안에 들어가서 보니 유리창의 안쪽은 거울이었다. 나는 그게 마법 창문이라고 생각했다. 왜 이런 창문을 여기에 만들어놓았을까? 엄마에게 물어보았지만 엄마는 청음회관에 가면 늘 누군가와 대화를 나누느라 바빴다. 청음회관에 가면 나는 할 수 있는 일이 별로 없고 궁금한 게 많은 만큼 모르는 것이 늘어나고 어쩐지 원일이는 더

욱 유리창 너머 먼 존재가 되는 느낌이 들었다.

　학년이 올라갈수록 내가 청음회관에 따라나서는 일
은 줄어들었다. 그냥 혼자 집에 있는 게 나았다. 그래도
청음회관에서 연말 가족 모임이 있는 날에는 꼭 따라갔
는데 엄마는 그런 날이면 내가 가진 옷 중에 가장 예쁜
옷을 입히고 예쁜 머리띠를 하게 했다. 사람들이 원일이
누나가 예쁘게 생겼다며 말을 붙일 때 엄마는 좀 기뻐 보
였다. 학교에서는 애들이 날더러 공주같이 입었다면서
놀리고 괴롭히는데 엄마는 왜 날 계속 공주같이 입히고
기뻐하는지 이해하기 어려웠다. 엄마는 '네가 이렇게 입
었다고 누군가 놀린다면 그 애가 나쁜 것'이라고 했다. 맞
는 말이긴 했지만….

　지금 생각해보면, 그때 나는 청음회관에 따라다니지
않는 게 나았을지도 모른다. 뭔가 배울 수 있었던 것도 아
니고 즐거웠던 것도 아닌데, 거기서 나는 왜 장애인이 아
닐까 혹은 원일이는 왜 장애인일까, 이런 생각이나 하면
서 보낸 시간이 좋지 않았다. 장애인 아들을 돌보는 어머

니의 상실감을 채워주는 공주 같은 비장애인 딸 역할을 하는 것도 좋지 않았다. 알 수 없는 것들을 알아내느라 생각을 부풀리는 대신 내가 바라던 대로 태권도 학원에서 몸을 쓰면서 시간을 보내는 게 나았을지도 모른다.

몸은 적게 쓰고 고민이 많은 어린이였던 나는 알고 싶은 것이 많았다. 장애란 무엇인지, 장애는 어디에서 오는지, 장애가 있는 사람이 장애를 어떻게 받아들이는지, 장애가 없는 사람은 장애를 어떻게 받아들이는지, 어째서 세상엔 이렇게 다른 사람들이 섞여서 살고 있는 것인지, 다른 사람을 어떻게 대하는 것이 맞는지, 나 자신을 어떻게 대하는 것이 맞는지…. 장애인 동생이 없다고 하더라도 궁금해해야 할 질문들이었고 나는 장애인 동생이 있으니 더욱 알고 싶었는데 그땐 내가 무슨 질문을 어떻게 해야 하는지 알지 못했다. 먼저 가르쳐주는 사람도 없었다. 어떤 질문이나 궁금증들은 엄마를 너무 슬프게 했고 엄마는 상처 입은 마음을 감추지 않았다. 그러면 또 궁금해졌다. 엄마가 어느 때 기뻐하는지, 어느 때 슬퍼하는지…. 하지만 어른의 기쁨과 슬픔은 너무나도 알기 어려운 것이었다.

서울에서 평택까지 집으로 돌아가는 길은 멀었다. 가끔은 차가 막히기도 했다. 우리 집 차는 구입할 당시 돈을 아끼려고 유리창에 선팅을 하지 않았다. 햇빛이 들어오면 얼굴이 따가웠다. 직사광선을 맞으면서 잠든 상태로 집까지 가면 집에 도착했을 때 머리가 아팠다. 그땐 기분이 서글퍼서 머리가 아프고 울렁거리는 것인지 직사광선을 너무 오래 쐬어서 머리가 아프고 울렁거리는 것인지 미처 알 수 없었다.

아빠가 바둑을 좋아했기 때문에 우린 바둑 학원에 보내졌다. 나는 피아노 학원은 정-말 싫어했지만 바둑 학원에 가는 일은 좋아할 수 있었다. 엄마가 원일이도 피아노 학원에 보낸 적이 있었는지는 기억나지 않는다.

바둑은 생각했던 것보다 재미있었고
쉬는 시간에 만화책을 볼 수 있었기 때문에
우리는 바둑 학원을 좋아했다.

소리가 필요하지 않은 게임을 배우는 곳에서
소리가 필요하지 않은 일들에 집중할 수 있었다.
원일이가 평등하게 있을 수 있는 곳에서는
나도 안전한 기분이 들었다.

밖에서 원일이와 이야기를 할 때마다 느껴지는 눈길들이 있었다.

* "누나! 새로 나온 ○○○ 해봤어? 나? 당연히 해봤지. 나중에 내 거 빌려
줄게. 재밌어."

나는 언제부터 이렇게 화가 많은 사람이 되었을까?

아래층에 사는 원일이의 친구였다.
언제부터인가 묘하게 원일이를 괴롭히는.

원일이가 자기들을 피하고 더 이상 어울리지 않자
어떻게든 심술을 부리는 거였다.

그 애는 며칠 뒤,
또 우리 집 우편함에 장난을 쳤다.

그래서 걔네 엄마한테 일렀다.
그때는 그게 동생을 위하는
정의로운 행동이라고 생각했는데

원일이가 그 애를 정말로 어떻게 생각했는지는 모를 일이다.

돌이켜 생각해보면 난 이상하게
갑자기 사납게 구는 어린이였다.
동생을 잘 챙기는 누나처럼 보여야
된다는 생각이 들 때 특히 그랬다.

항상 관심에 목말랐으니
그게 최선이었을 것이다.

드물지만, 엄마와 집에 단둘이 있는 날이 있었다.

도착하면
전화할게.

응, 다녀와요.
원일아,
잘 갔다 와.

성은아,
엄마 피곤해서
좀 잘게.

뭐가 그렇게 좋았을까?
왜 그렇게 기뻤을까?

친구들과 놀러 나갈 때와
원일이와 놀러 나갈 때,
엄마가 주는 용돈이 달랐다.

나는 친구들과 노는 것보다
원일이와 노는 게 이득인 걸
깨달았다.

난 용돈을 넉넉하게 받아본 적이
없었지만 원일이 덕에 영화관엔
실컷 갔다. 햄버거도 많이 먹었다.

원일이는 순하고 길눈이 밝아서
함께 다니면 편했다.

난 내가 아주 자연스럽게 계산적인 애가 되었다고 생각한다.

만약 영화관에 갔는데
외화는 없고 한국영화만 있으면
햄버거만 사 먹고 집에 왔다.
우리에게 한국영화란
자막 없음을 의미했다.

영화를 안(못) 본 날이면
돈이 남으니까 프링글스 작은 통
한 개씩을 사 먹었다.

그때의 우리에겐
아주 사치스러운 과자였다.

집으로 돌아가는 버스 안에서 프링글스를 먹었다.
만약 돈이 남았으면 비디오 가게에 들러서
자막이 나오는 비디오를 빌렸다.

악몽

세상이 망해서 대부분의 사람들이 죽었다.
그 와중에 한 무리의 사람들이 몰려다니면서
들을 수 있고 말할 수 있는 사람들을
찾아내서 죽이고 있었다.

살아남은 원일이와 나는
그 사람들에게 붙잡히지 않기 위해
계속 숨어 다녔다.

사람들이 나를 죽이더라도
원일이는 살려둘 것이라는
사실은 다행이었지만

이 망한 세상에 혼자
남게 될 원일이가 걱정됐다.
죽고 싶지 않았다.

그래서 최대한
오랫동안 붙잡히지
않으려고 했는데…

허…

원일이와 성은이

2부

키 커졌다

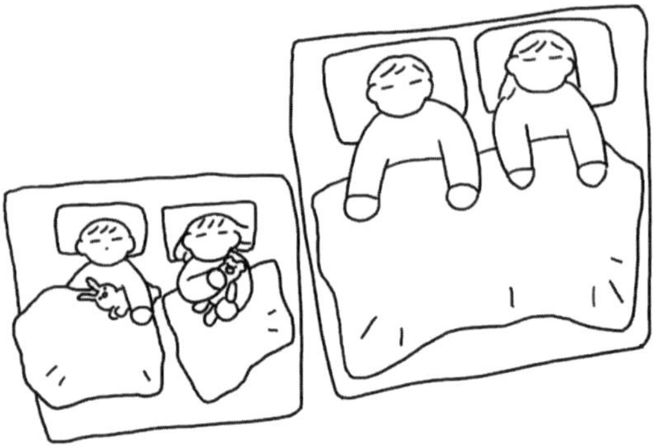

어린이 시절엔 줄곧
어린이용 침대 두 개를
놓을 수 없는 크기의
집에서 살았다.

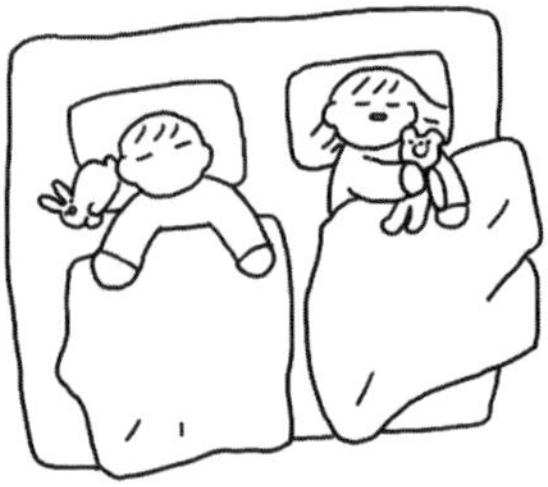

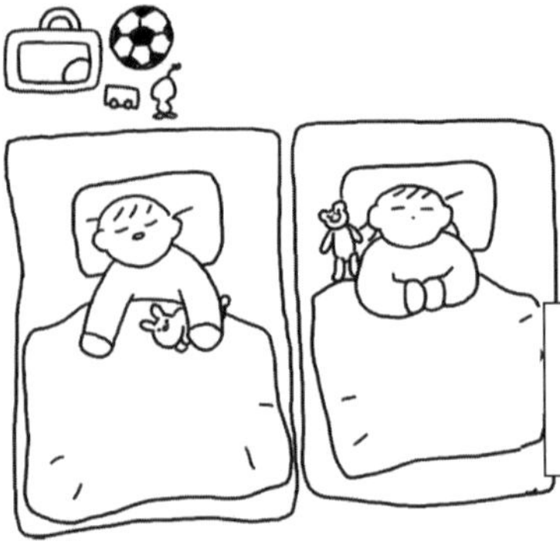

우리는 바닥에 나란히
이불을 깔고 잤다.

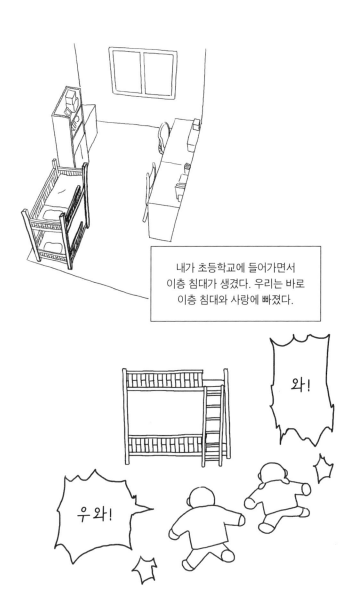

내가 초등학교에 들어가면서
이층 침대가 생겼다. 우리는 바로
이층 침대와 사랑에 빠졌다.

와!

우와!

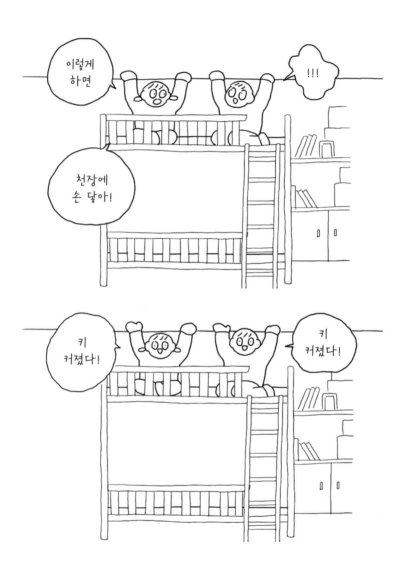

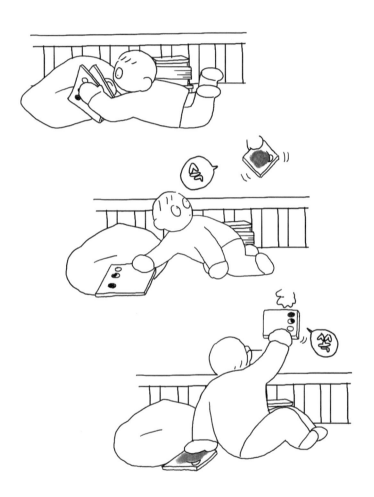

층

10년 전에 처음 서울에 왔을 때 망원동에 어렵사리 전셋집을 구했다. 월세로 시작했다면 고생이 뻔했을 서울살이를 전세로 시작할 수 있다니, 운이 좋았다. 그래서 나는 그 집에서 정말 잘 살고 싶었다. 1980년대에 지어진 오래된 다가구 주택 2층. 같은 돈이면 깨끗한 원룸을 구할 수도 있었지만 그림을 그릴 방이 필요했기 때문에 방 두 개짜리 집에서 살고 싶었다.

낡고, 더럽고, 지내기에 불편한 것들을 내가 정성과 상상력으로 바꿀 수 있다는 자신감이 있었다. 오래된 장판은 여러 번 닦아 그 위에 깨끗한 러그를 깔았고 누렇게 때가 탄 벽지 위에는 흰색 페인트를 칠했다. 답답해 보이는 체리색 몰딩도 페인트를 칠해 가리고, 집을 더 좁아 보이게 만드는 체리색 나무문에도 페인트칠을 했다. 푸르스름한 형광등을 따뜻하고 예쁜 펜던트등으로 바꿔 달았고 함께 지낼 식물들도 가져다뒀다. 여기저기 공들여 가꾼 집. 세련되진 않았지만 그 집엔 삶에 대한 내 성의가 가득 차 있었다. 이리저리 머리를 굴리고 몸을 움직이고 힘이 달리면 친구들의 도움을 받아 오래되고 가난한 흔적을 귀엽게 가난한 흔적으로 바꿔 살았다. 그 집에서 정말 잘 살았다.

기억하는 일에도 똑같이 한다. 슬픔이 좌절로 빠르게 나를 잡아끌지 못하도록 슬픔을 보기 좋게 가리고 꾸미는 일을. 그럼에도 불구하고 나는 자주 좌절감을 느끼곤 했다. 부스러진 마음 집을 게으르게 보살펴왔기 때문에.

처음 어린 시절의 기억들에 대해 쓰고 싶다는 생각이 들었던 날에는 스스로를 달래고 싶은 기분이었다. 딱히 안 좋은 일이 있던 날도 아니었는데, 내가 뭔가 많이 잊으면서 살다가 안 좋은 상태가 된 것 같다는 위기감이 들어 우울했다. 하지만 어린 시절은 별로 기억하고 싶지 않았다. 좋았던 일들이 별로 없다고 생각했다. 게다가 기억들은 온전치가 않고 이미 어딘가 나 좋을 대로 수정되어 있었다. 그래도 꾸역꾸역 기억들을 떠올려보니 건져낼 만한 귀여운 것들이 좀 있었다.

연약하고 할 수 있는 일이 별로 없고 자립하지 못한

존재인 어린이로서 내가 가진 사랑이 있었다. 그리고 비슷한 존재로 조금 더 연약하거나 조금 더 강인한 어린이로서 원일이가 가진 사랑이 있었다. 그것들을 떠올려보니까 마음이 포근해지는 기분이 들었다. 그런데 좋지 않은 기억들이 좋은 기억들을 냉큼 따라왔고 그것들은 힘도 세고 끈질겨서 툴툴 털어내려 해도 떨어져 나가질 않았다. 안 좋은 것들이 자꾸 따라오는데 굳이 좋은 것들을 찾아보겠다고 애쓸 필요가 있을까?

어째서 어떤 문제가 존재할 때 그 문제 안으로 더 깊숙이 들어가 고통받으려는 각오를 하지 않으면 해결하기가 쉽지 않은 걸까? 고통받겠다는 각오를 하면 힘이 들어서라도 해결책이 나온다는 게 얄밉다. 좀 더 쉽고 편한 방법도 있다면 좋을 텐데. 그래도 이런 방법이나마 알고 있어서 다행이다.

나에게는 안타깝고 슬프고 구질구질한 기억이 많이 있다. 작은 귀여움이나 상상력이 대충 성의 없이 붙어 있는 안타깝고 슬프고 구질구질한 기억들을 성의 있게 정리하면서 뭐가 못생겼는지 뭐는 좀 어여쁜지 알아두는 일이 사는 데 더 도움이 될 것 같았다.

　애쓰는 일과 덮어두는 일, 슬픔과 사랑, 용기와 좌절, 씩씩함과 귀여움… 그런 것들이 사이좋게 손을 잡고 동그랗게 춤을 춘다. 그런 모습을 상상하는 게 위로가 된다. 스스로를 위로할 방법을 똑바로 찾아두고 싶다. 내가 나 자신을 성의로 가득 찬 낡은 집에서 살게 해주었던 것처럼. 안 좋은 기억들이 자꾸 따라온다고 해서 좋은 기억들을 찾아보는 일을 포기할 필요가 없다.

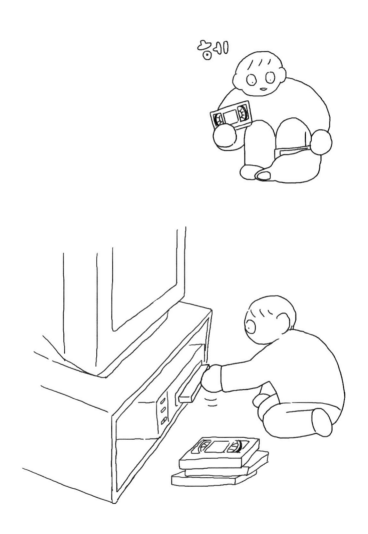

그때는 전자레인지만 쓸 줄 알았다.
우리는 즉석요리와 호빵을 사서
잔뜩 데운 뒤에

빨리 와!

쌓아놓은 비디오(자막 있는 영화)를
보면서 먹었다.
평화롭고 재미있었다.

엄마가 없으면 슬픔이 없어서 좋고
아빠가 없으면 긴장하지 않아도 되어서 좋았다.
나는 평생 전자레인지 요리만 먹고
원일이와 비디오를 보면서 살아도
행복할 거라고 생각했다.

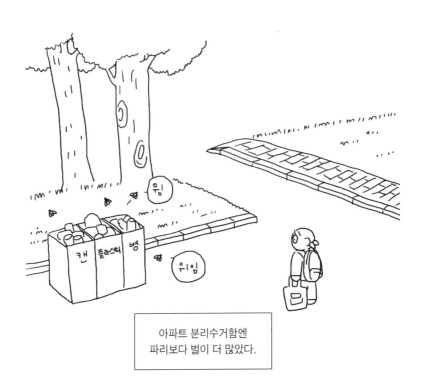

아파트 분리수거함엔
파리보다 벌이 더 많았다.

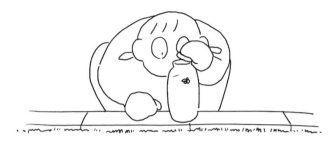

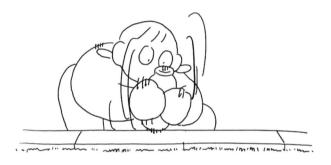

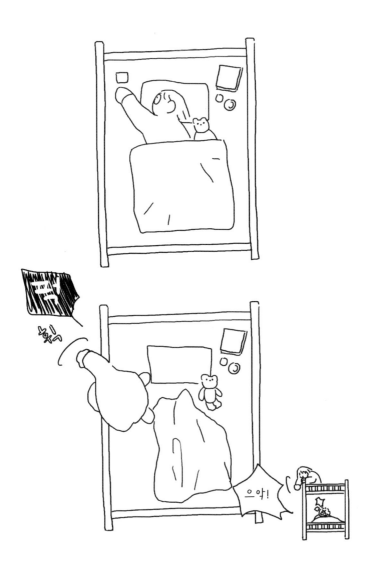

으악!

둘 다 혼났다.

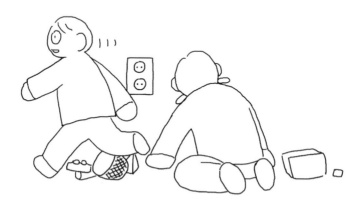

토끼의 모험

야영장을 찾아주신 여러분께 안내드립니다.
5시 30분부터 매표소 옆 광장에서
가족영화 〈토끼의 모험〉을 상영합니다.
많은 관람 부탁드립니다.

엄마,
우리 저기
가도 돼요?

응, 다른 데
가지 말고
거기에만 있어.

원일이
잘 보고.

재밌겠다.
가자, 원일아.

끝나면
데리러 갈게.

몇 분 후 원일이를 찾았다.
텐트로 가서 간식을 먹으려다 길을 잃었다고 했다.
정말 다행이었다.

원일이가 잘한 것

종유석!

종유석이야!

160

161

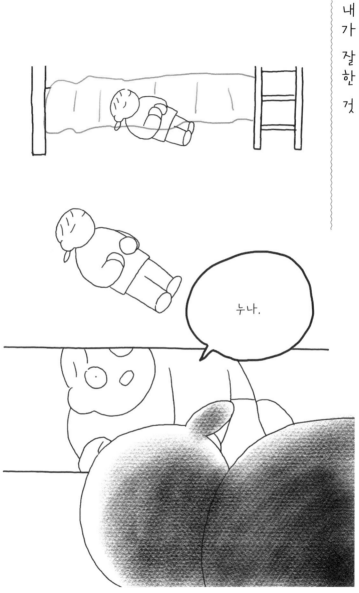

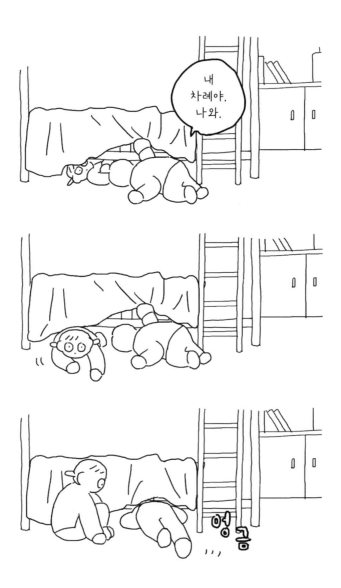

동굴에 들어갈 때는 손전등을 챙겨 가는 것이 제일 중요하다.

나의 집

어린이도 자기가 좋은 어린이일지 나쁜 어린이일지
많이 고민한다.

169

침대 밑 공간에서 뽐이와 단둘이 산다고 생각하면
기분이 좋아졌다.

우리 가족

초등학교 1학년 때 학교에서 시화전이 열리면서 반 아이들 모두에게 숙제가 주어졌다. 4절지 도화지에 그림을 그리고 그 위에 시를 쓰는 거였다.

아빠가 '우리 가족'을 주제로 시를 썼고, 나는 언덕에 우리 가족 넷이 웃으며 앉아 있는 그림을 그렸다. 성은이와 원일이는 가끔 싸우지만, 엄마와 아빠도 가끔 싸우지만, 좋아하는 날들이 훨씬 많은 우리는 사랑스러운 가족이라는 내용의 시였다.

원일이는 얼굴이 밝고 자주 즐겁고 화가 나면 큰 소리를 내면서 자신이 화가 났다는 사실을 주변에 알리고 그래도 얼굴이 귀여워서 보고 있으면 괜찮은 기분이 드는 애였다. 유치원에서 친구들과 축구하는 것을 좋아했다. 어른이 되면 축구선수가 되고 싶다고 말했다. 또래에 비해 월등하게 키가 크고 덩치도 크고 승부욕도 있는 애니까 쟤는 운동선수가 되겠네, 생각했었다.

원일이는 초등학교 저학년 때까지 잠들기 전에 머리 맡에 아끼는 물건들을 잔뜩 쌓아놓곤 했다. 원일이의 머리맡에 놓이던 것들은 작은 것들(미니카라고 부르던 작은 모형 자동차)부터 큰 것들(한 손에 들기는 어려운 대형 차종의 모형 장난감)까지 다양했다. 대전 엑스포에서 사 온 꿈돌이 인형, 평소 아끼는 축구공도 있었다. 그것들이 침대 위 베개를 제외한 남은 구석을 빼곡하게 채우면 원일이는 자신이 아끼는 물건들에 에워싸인 베개에 머리를 쏙 뉘고 잠이 들었다. 보청기는 그 물건들 사이에 있었던가?

보청기를 처음 귀에 가까이 대보았던 날을 기억한다. 삐- 하는 소리가 온통 귓속에 울렸다. 시끄러웠다. 원일이는 보청기를 귀찮아했다. 여름이 되어 땀을 많이 흘리면 작고 섬세한 기계는 습기가 차고 고장이 나기 쉬웠다. 그래서 뛰어놀겠다고 작정을 하고 놀 때에 원일이는 보청기를 빼놓고 놀았다. 그래도 꼼꼼한 애여서 어디 가서 보청기를 잃어버리거나 한 적이 없었다(아마 나였다면 몇 번은 잃어버렸을 텐데). 아니면, 아무도 보청기는 훔쳐 가거나 주워 가고 싶지 않았나?

원일이가 보청기를 얻은 날부터 집 안에 원일이와 엄마의 구어 연습 소리가 울려 퍼지는 일상이 시작되었다.

"별이 한 개, 별이 두 개."

"엄마, 아빠, 누나."

"강아지가 한 마리, 강아지가 두 마리."

원일이는 '강아지 한 마리'를 '가아지 한 바리'라고 말했고, '별이 한 개'라고 말할 때에 그 소리가 내 귀에는 '벼이 안 개'로 들렸다.

거실에 마주 앉은 엄마와 원일이가 오순도순 구어법을 공부하고 있으면 나는 어쩐지 긴장한 마음으로 방에 앉아 책을 읽거나 눈치를 보며 소파에 앉아 곰 인형 뽐이를 껴안고 뽐이와 대화를 나눴다.

나는 얼굴이 밝고 자주 즐겁고 화가 나면 큰 소리로 주변에 그걸 알리고 싶고, 그래서 왠지 밉살스러운 애였던 것 같다. 유치원에 가면 친구들과 노는 것도 좋아했지만 혼자서도 잘 놀았고 그러면 엄마는 혼자서 노는 나를 걱정했다. 사회성에 문제가 있는 건 아닌가 생각했던 것 같다. 그림책을 보는 것을 좋아했고 키가 작고 덩치도 작고 사교에 관심이 없고 승부욕 같은 거랑은 별 관계 없는 애였다. 그래도 부모님은 나에게 바라는 것이 많았다. 나는 내가 가진 기질이나 특성과 상관없이 피아니스트가 되거나 과학자가 되면 좋을 애였다. 나도 머리맡에 몇 가지 아끼는 물건들을 두고 잤다. 나는 피아니스트가 되고 싶거나 과학자가 되면 좋을 아이의 관심사와는 거리가 먼 것들만 어여쁘게 여기며 좋아했다.

나도 운동을 하나쯤은 하면 좋겠다고 생각해서 태권도 학원에 다니고 싶었지만 여자애라서 안 된다며 피아노 학원으로 보내졌다. 알림장을 제대로 챙기지 못해 준비물 없이 혹은 숙제를 마치지 않은 채 학교에 가면 혼나기 일쑤였고 집안 형편이 빠듯하니 여기저기서 물려받은 옷을 입었을 뿐인데 공주병이라고 놀림을 받았다. 피아노에는 관심도 재능도 없었고 물려받은 예쁜 옷들을 입는 게 기분 좋긴 했지만 친구들에게 놀림받아도 좋을 만큼은 아니었다. 집에 가면 부모님은 너무 자주 싸웠고 그럴 때 엄마가 울면 싫었다. 아빠는 화가 많은 것 같았다. 내 인생은 태어난 지 몇 년 되지도 않아 긴장과 불안에 휩싸이고 말았다.

나의 부모님이 노력했다는 걸 이제는 안다. 어려운 일들은 어쩔 수 없는 일들이었다는 것도. 원일이와 내가 수박을 빨간색이 하나도 남지 않을 정도로 깨끗이 먹는 일을 재미있다고 여기면서 천진난만할 수 있었던 건 부모님이 미리 흘렸거나 흘릴 눈물에서 기쁨을 빌려 왔기 때문이었다. 그럼에도 나는 스스로 위로받지 못하는, 그리고 부모님을 위로할 수 없는 나 자신을 생각하면 너무나 쉽게 슬퍼졌고 슬픔에서 벗어날 방도를 알지 못해 자주 무력한 기분을 느꼈다.

자주 싸우지만 그래도 좋은 날들이 훨씬 많은 사랑스러운 가족이라고…. 아빠는 실제로 자주 다투는 모습과 상관없이 자신이 만든 동산 위에 자신이 '꾸린' 가족이 사랑스럽다고 생각했겠지만 나는 '꾸려진' 사람으로서 괴로운 일이 있으면 내가 왜 그 동산 위에 있어야 하는지 끝없이 질문할 수밖에 없었다. 대답을 해줘야 할 사람이 대답해주지 않는다면 스스로에게라도 질문할 수밖에 없었다.

내가 생각하기에 우리 가족의 이야기는, 뻔한 행동

을 하는 사람들이 요령 없이 애써온 이야기여서 매력적
이지도 사랑스럽지도 않았다. 이기적이고 어리석고 그렇
기 때문에 잔인하고. 그 사이에 분명히 사랑도 있었겠지
만 그게 선명히 드러나기엔 우리 가족이 겪고 있던 고생
이 더 선명했다. 그래서였을까. 서로 이해하고 이해받을
수 있는 형제가 있다는 것은 감사할 만한 일이었다. 내가
원일이가 없어졌으면 좋겠다고 말한 적도 있었다지만 사
실 나는 원일이가 없는 우리 집을 상상해본 적이 없었다.
원일이는 말할 때 발음이 다른 애들 동생 같지 않게 조금
이상하고 내가 하는 말을 자주 못 알아들어서 멀리에 있
을 때 부르려면 손짓발짓을 크게 해야 했다. 그나마도 안
되면 힘껏 뛰어가서 어깨를 쳐야 했다. 그래도 원일이와
함께 노는 일은 그런 것과 상관없이 아주 재미있었다. 원
일이의 존재로 인해 나는 가끔 더 외로워졌지만 원일이
로 인해 자주 더 행복했고 그럴 때면 형제를 만들어준 부
모의 사랑에 감사했다.

어린 나에게 가족은 마치 자연재해 같았다. 태풍이
나 지진 같은 것, 견디거나 기도하거나 대비하는 것, 선택

할 수 없으니 받아들여야 하는 것이었다. 그래도 그 속에
서 내가 비바람을 맞으며 배운 사랑을 떠올린다. 연약하
지만 분명하게 항상 존재해왔던 것, 그것이 내가 스스로
를 키우는 인간이 될 때까지 나를 도왔을 것이다.

원일이와 엄마가 청음회관에 가고 혼자 집에 남은 날.

내가 끼니를 거를까 봐 걱정하는 이웃들이 있던 건 행운이었다.

지윤이네 엄마는 자기 딸도 아닌 이웃집 애한테
갈치 살을 발라 먹여주면서 귀찮지는 않았을까?

남의 어머니가 살뜰히 가시를 발라내 먹여준 갈치조림을 떠올리면
내가 먹어온 것들이 내가 된 일이 감사하게 느껴진다.

얼마나 많은 호의와 보살핌을 이유 없이 받아왔는지 잊지 말아야 한다.

안녕 —

지금은 할 수 있는 일이
많지 않지만

외로움과 잘 지내는 일이
아직 많이 어렵겠지만

엄마와 아빠도

어린이였던 때를 기억해보면 그때는 아무리 생각해도 신이 나를 사랑하는 것 같지는 않았다.

어린 시절 아빠는 장난도 농담도 능숙하게 건네는, 유머를 아는 사람이었다. 아빠의 유머는 여러 해를 거쳐 서서히 사라져갔다. 언제였던가, 나는 화가 나는데 아빠만 웃을 수 있었던 농담에 아빠의 유머 감각이 사라져버린 것을 알았다. 가난한 집의 맏아들이라는 사실, 결혼으로 새롭게 꾸린 가족을 따라온 가난, 장애인 자녀를 둔 아버지로서의 삶의 무게가 아빠의 유머 감각들을 두꺼운 밀폐용기에 집어넣고 뚜껑을 단단히 닫고 어딘가에 숨겨버렸을지도 모르겠다. 아빠도 어릴 적에 다 큰 자신의 모습을 상상했을 때, 뭔가를 잃어버린 사람이 되고 싶지는 않았을 텐데.

엄마는 예쁜 얼굴에 목소리까지 예쁜 공주님 같은 사람이었지만 유머를 다 잃은 아빠의 곁에서 너무 자주 우울했다. 그리고 종종 뭔가 견딜 수 없어지고… 폭발하고 폭언을 퍼부을 때는 무서운 존재로 변했다. 엄마가 스스로 무엇을 하고 있는지 정확히 인식할 정도로만 덜 우울했더라면 그러지는 않았을 것이다.

시간은 앞으로만 나아가고 한 존재가 가진 고유한 성질도 젊음의 생생함과 아름다움도 지키려고 애쓰지 않으면 사라지고 변해간다. 부모님이 시간 뒤에 두고 온 것들이 너무 많다. 무엇이 변했는지 따져볼 여유 없이 달려온 시간이 너무 길다.

타인의 어떤 훌륭한 점은 아무리 노력해도 배우기가 쉽지 않은데 타인의 어떤 못된 점은 따라 하기가 너무나 쉽다. 어린 나를 괴롭혔던 엄마 아빠의 못난 모습이 시시때때로 나에게서 튀어나올 때 느끼는 아득함과 공포를 말로 다 설명할 수가 없다.

나의 엄마와 아빠도 부모가 된 건 처음이었을 텐데 마침 나이는 어렸고 미숙했고 실수를 저질렀고 그것들은 안타깝게도 내가 겪은 슬픔과 연관되어 나를 딱한 사람으로 만들고 그러면 나는 내가 아무래도 신의 사랑을 받지는 못하나 보다 생각했었다.

그래도 이제는 사랑은 사랑으로 흘러가고 미움은 미움으로 흘러간다는 것을 알고 있어서 괴로울 때면 신이 나를 사랑하는 것 같다고 생각하기로 했다. 인생은 좀 불공평한 것이고 지금 여기서 할 수 있는 일을 찾아보자고 생각할 수 있으니 신이 나를 사랑한다고 느낀다.

어렸을 때에는 장래 희망을 적는 칸에 화가나 선생님, 문방구 주인 등을 써넣곤 했다. 어른이 된 나에게도 장래 희망은 여전히 있다. 내 장래 희망은 잘 흐르고 잘 멈출 줄 아는 사람으로 사는 것이다. 흘러온 것을 흘려보내는 일을 자신의 의지로 하는 사람이 되는 것이다.

엄마는 며칠 뒤 갈치조림을 만들어줬다.
이후에도 종종 갈치조림을 먹을 수 있었다.

노력하는 사람에게서 키워졌다고 생각한다.

희생과 노력으로 보살핌받은 흔적이 나에게도 분명 남아 있다.
그건 토요일에 만든 도넛이나… 갈치조림 같은 것이다.

나와 원일이는 애착 인형을 하나씩 가지고 있었다.
내 곰 인형의 이름은 '뽐이'였고
원일이가 가졌던 토끼 인형의 이름은 '토끼'였다.

너무 좋아했기 때문에
우리는 토끼와 뽐이를
어디든 데리고 다녔다.

아빠가 어떻게든 찾아온 뽐이를
다시 품에 안고 잘 수 있었던 날을 기억할 때는
나도 사랑받으면서 자랐다고…
확실히 그렇다고 생각한다.

뽐이와 연습한 것

뽐이는 몸통에 달린 머리와 네 개의 다리를 조금씩 움직일 수 있게 만들어진 분홍색 아기 곰 인형이(었)다. 만지면 보들보들한 촉감이 느껴지는 예쁜 딸기우유색의.

이제는 뽐이의 배를 쓰다듬으면 손끝에는 뻣뻣한 감촉만 남는다. 털에는 때가 많이 탔고 보드라운 딸기우유색은 다 바래 흔적만 남았다. 목과 몸통 사이 재봉선이 터지는 바람에 목은 반쯤 떨어져 달랑거린다. 추억이 담긴 오래된 인형을 수선해준다는 '인형 병원'에라도 데리고 가야 할 것 같은 모습이다.

뽐이가 낡을 대로 낡아 초라해진 것과 내가 더 이상 뽐이에게 말을 걸지 않게 된 것 사이에는 아무 연관도 없다. 그저 내가 곰 인형과 대화를 나누는 일을 더 이상 하지 못할 만큼 나이를 먹었을 뿐이다. 이제 뽐이를 보면 특정 소재의 원단을 재단한 뒤 재봉하여 모양을 유지하기에 좋은 솜을 단단히 채워 넣은, 관절 부위마다 작은 플라

스틱 조각이 들어 있는, 크기는 내 팔뚝보다 작은, 생산한 지가 오래 되어 낡은, 아기 곰의 모양을 본떠 만든 물건으로 인식된다.

그러나 30년 전, 나에게 뿜이는 생명을 가진 존재였다. 다정한 마음을 가진 이야기 상대였다.

어린 나는 뿜이의 배를 가르면 작은 곰의 내장이 가득 차 있을 것이라고 믿었다. 그러니까 조심스럽게 안아주었다. 외롭지 않도록 자주 말을 걸어주었고 다니는 곳마다 데리고 다녔고 내가 아는 좋은 것들을 모두 이야기해주었다. 그리고 뿜이에게는 경청하는 재능이 있었고 평가하지 않는 의연함이 있었다.

"공주님, 안녕하세요."

"공주님, 이것 좀 먹어보세요."

"안녕하세요, 공주님. 이거는 내 장난감이에요, 내가 제일 좋아하는 거예요."

"공주님, 놀이터에 같이 갈래요?"

"추우니까 이불 덮어줄게요."

"이제 케이크 먹을래요?"

"네, 저는 케이크를 좋아해요."

"이거는 어제 엄마가 사준 거예요."

"케이크 위에 딸기젤리도 먹으세요."

"고마워요."

"정말 사랑해요."

뽐이에게는 모든 이야기를 마칠 때마다 한번도 빼놓지 않고 사랑한다고 말해주었던 것을 기억한다. 그러면 당연하다는 듯이 뽐이도 나에게 사랑한다는 대답을 돌려주었다.

그렇게 훌륭한 친구와 함께했었다는 사실과 별개로 어린 시절 뽐이에게 했던 이야기 중 온전히 기억나는 것이 없다. 그 시절 내가 뽐이와 나누던 대화는 사실 일기를 쓸 만한 쓰기 능력과 지구력을 갖추지 못한 어린아이의 혼잣말이었을 테니까. 케이크를 처음 먹어봤으니까 그것에 대한 얘기를 해주었을 것이고 공주님이 뭔지 처음 알았으니까 공주님이란 단어를 써보려고 했을 것이다. 그러다 글을 배우고 하루 일과와 생각을 글로 남기는 일에 익숙해지면서 뽐이와 대화를 나누는 일이 뜸해져갔을 것이다.

　나는 석회 동굴의 구조에 대해 줄줄 외우거나 산수를 잘하거나 한눈파는 일 없이 동생을 보살필 정도로 특별히 의젓한, 부모가 자랑하기 좋을 만한 장점을 가진 애는 아니었다. 상상하고 이야기를 지어내는 일을 좋아하고 잘했지만 그런 특기는 나를 어리숙하거나 유별나 보이게 했고 부모님을 난감하게 했다. 내가 가진 건 부모님이 기대한 재능은 아니었다.

　그러나 그 난감한 재능이 많은 순간 나를 도왔다. 솜과 천과 플라스틱으로 이루어진 물건에 이름과 애정을 붙이고 대화를 나누던 시간 없이도 외롭고 막막한 순간들을 탈 없이 이겨낼 수 있었을지 잘 모르겠다. 상상하는 습관은 어려운 순간마다 삶이 왜 좋은 것인지 떠올리게 해주었다. 삶을 포기하지 않고 답을 찾으려는 마음에 힘을 보탰다.

　어른이 된 다 큰 나는 나를 보살피고 사랑해줄 사람들을 찾아 인생의 곳곳에 두고 있다. 나 또한 감사하는 마음으로 그들을 보살피고 사랑한다. 오래전에 뿜이와 연

습한 것이다. 이제 인형과 대화를 나누는 일은 더 이상 못
하지만 그때 익힌 좋은 습관들이 남아 내가 사는 일을 돕
고 있다.

우리 집은 한여름에도 거실 베란다 문을 다 열어놓으면
바람이 잘 통했다.

그래서 가족 네 명이 다 같이 거실에서 자기도 했다.

밤바람이 불어도 덥긴 더웠기 때문에
서로 횟수를 정해놓고 부채질을 해주었다.

스무 번 혹은 서른 번,
정해놓은 수만큼 부쳐주고
그만큼 부채질을 받을 수 있었다.

부채질 받는 건 좋았지만 부채질 해주는 건 귀찮았다.
내가 숫자를 세는 소리를 원일이는 못 들을 거라고
생각해서 속이려고도 해봤다.

소용없었다.

거짓말쟁이야!

허 둘 셋 넷.

펄럭

그 시절엔 지금처럼 집집마다 에어컨이 있지는 않았으니까

시원하게 잠들려면 뭔가 해야 했다.

그렇게 서로 부채질을 해주다 보면
지쳐서 잠드는 것인지
졸려서 잠드는 것인지
어느새 잠들어 있었다.

가난이나 불편함을 이겨내기 위해서 어쩔 수 없이
서로를 귀찮게 하거나 더욱 가까워야만 했던 때가 있었다.

지긋지긋하고 애틋한 순간이 많이 있었다.

원일이와 현민이

3부

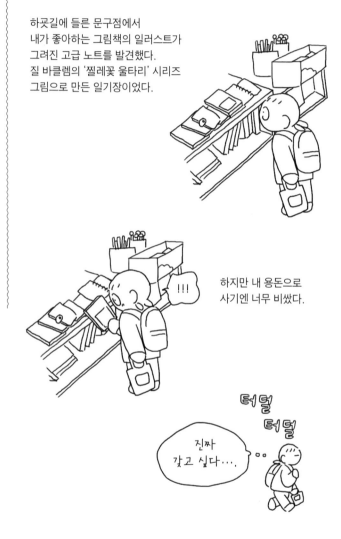

일
기
장

하굣길에 들른 문구점에서
내가 좋아하는 그림책의 일러스트가
그려진 고급 노트를 발견했다.
질 바클렘의 '찔레꽃 울타리' 시리즈
그림으로 만든 일기장이었다.

하지만 내 용돈으로
사기엔 너무 비쌌다.

!!!

진짜
갖고 싶다….

터덜
터덜

원일이와 나는 '찔레꽃 울타리'
시리즈를 몹시 좋아했다.

그 일기장을 발견한 이후
우리가 함께 문구점에 갔었을까?
내가 그걸 원일이에게 보여줬을까?

몇 달 뒤 원일이가 설에 받은 세뱃돈으로
그 일기장을 사서 나에게 선물로 주었다.

그리고 나는 그 일기장을 아끼느라 보관만 해서
중학생이 될 때까지 새것인 채로 가지고 있었다.

그렇게 나는 원일이가 사준 일기장 덕에
처음으로 내 의지로 일기를 쓰기 시작했다.
그리고 지금까지 일기를 쓴다.

그날 병아리를 산 건
무모한 모험과도 같았다.

집에서 병아리를 키워도 된다는 허락을
받은 적이 없었기 때문이다.

당연히 허락을 받지 않고
살아 있는 동물을 산 일에
대해서 크게 혼났다.

하지만 원일이가 합세해서
나와 병아리 편을 들었기 때문에
왠지 든든한 기분이 들었다.
원일이의 말들은 또렷하지 않아도
늘 엄마를 설득시키곤 했다.
엄마는 원일이의 말에 약했다.

그날 저녁 퇴근한 아빠도 나를 조금 나무랐지만 그걸로 끝이었다.

때때로 나는 원일이가 우리 집에서 말을
제일 못하는 사람이면서도 제일 힘이 센 말을
하는 사람 같다고 느꼈다.

그러니까 엄마나 아빠가 내 편을 들어주지 않는다고 해도
원일이만 내 편이면 괜찮다고 생각하기도 했다.

연약한 시절

그날 주머니 속에는 아껴둔 용돈 3백 원이 있었다. 수업 시간 내내 학교 앞 '병아리 할머니'에게서 병아리를 사는 상상을 하느라 선생님 말씀이 하나도 귀에 들어오지 않았다. 학교가 끝나고 나는 쏜살같이 뛰어나가 병아리 한 마리를 샀다.

　매년 날씨가 따뜻해지면 하교 시간에 맞춰 병아리 할머니들이 나타났다. 병아리 할머니들은 태어난 지 하루이틀 정도 된 수평아리들을 한두 박스씩 가져와서 교문 앞에 잘 보이도록 놓고 팔았다. 병아리 수십 마리가 귀엽게 삐악거리는 소리가 들려오면 어쩔 도리 없이 병아리를 보려고 흘끗거리게 된다. 하지만 이미 나와 같은 마음으로 병아리들이 담긴 박스를 둘러싼 다른 아이들 때문에 병아리를 제대로 구경하기란 쉬운 일이 아니었다. 간혹 병아리를 사서 돌아가는 친구가 있으면 그 친구에게 달려가 한 번만 보여달라고 부탁했다. 그런 식으로 노랗고 보송보송하고 얼굴이 귀여운 병아리를 볼 수 있었다. 그리고 이어 생각하는 것이다. 아, 우리 집에 병아리가 있으면 얼마나 좋을까. 그러면 저 귀여운 생명체를 매일 들여다볼 수 있을 텐데.

병아리 할머니들은 한번 나오면 그 주에는 꾸준히 나와 병아리를 팔았다. 그러면 나는 집에 가서 내일도 학교 앞에서 병아리를 팔고 있을 할머니들을 상상하면서 엄마에게 떼를 썼다. 나도 병아리 키우면 안 돼? 한번만, 하고. 대답은 늘 "안 돼"였다. 한 생명을 2백 원, 3백 원에 사 와서 짧은 순간 귀여워하다 마는 것 이상의 책임감이 준비되어 있지 않으면 동물을 키워선 안 된다는 사실을 그때의 나는 알지 못했다.

엄마가 몇 번이나 안 된다고 말했는데도 기어코 병아리를 산 나는 세상을 다 가진 것처럼 기뻤다. 두 손에 받아 든 병아리는 작고 보송보송하고 따뜻했다. 병아리의 작은 가슴에서 심장이 콩쾅콩쾅 뛰는 것이 손바닥을 통해 전해졌다. 그건 나의 열 살 인생에서 너무나 감동적이고 자랑스러운 순간이었다.

두 손으로 조심스럽게 병아리를 감싸 안고 집으로

가는데 집이 가까워질수록 엄마가 불같이 화낼 것에 내 심장도 두방망이질 쳤다. 손에서는 병아리 심장이 콩콩대고 가슴께에선 내 심장이 쿵쾅대고. 세상이 쿵쿵 뛰며 돌아갔다.

집에 들어가지 못하고 우물쭈물하고 있는데 학교를 마치고 나온 원일이가 나와 병아리를 발견하고 반색을 했다. 하지만 원일이도 내가 엄마 허락 없이 병아리를 샀다는 사실을 알고선 걱정을 하기 시작했다. 그렇다고 해도 우리는 꼭 병아리를 키우고 싶었다. 나는 대책 없이 사온 병아리 때문에 혼날 일을 걱정하면서도 원일이가 내 편이라는 사실에 든든했다.

그날 원일이가 내 쪽에 합세해 부모님에게 매달린 덕분에 병아리를 키우는 일을 허락받았다. 아무래도 상관없었다. 나는 병아리를 키우게 돼서 좋았고, 허락을 받게 돼서 부모님에게 존중받았다고 느꼈다.

아이들이 밖에서 제멋대로 사 왔다고 한들 집 안에 들인 생명을 함부로 내다 버릴 수는 없는 노릇이라지만 사실 분명히 기억한다. 병아리 할머니가 다녀간 후 며칠

이 지나면 아이들끼리 "병아리는 갖다 버렸어…"라든지 "집에 갔더니 병아리가 도망가고 없었어"라고 이야기하던 것을.

내가 산 병아리는 한 마리였는데 이후에 누군가 버린 병아리를 아파트 단지 안에서 주웠기 때문에 우리는 두 마리의 병아리를 키웠다.

병아리들은 예상했던 것보다 더 똑똑했다. 원일이와 내가 밥을 주고 자기네를 보살피는 걸 알고 우리를 따랐다. 커갈수록 처음의 보송하고 귀여운 모습은 사라져갔지만 그때는 이미 우리가 병아리들을 너무 사랑하고 있었기 때문에 상관없이 아끼고 좋아할 수 있었다. 병아리를 키우면서 배운 것은 내가 선택한 사랑이 처음만큼 사랑스럽지 않은 순간이 와도 사랑하는 마음이 내 안에 있다는 것이었다. 병이 들거나 초라해지거나 귀여운 모습이 사라져도 내가 선택한 이 사랑을 지킬 수 있다는 것이었다.

병아리들은 우리의 사랑을 듬뿍 받으며 무럭무럭 자랐다. 하지만 불과 반 년쯤 지나니 닭이 되어서 새벽마다 아파트 단지 사람들을 깨웠다. 결국 우리는 닭들을 할머니의 시골집으로 보낼 수밖에 없었다. 할머니 댁으로 보내진 닭들은 한 달이 채 되지 않아 시골 길고양이에게 잡아먹혔다고 했다. 슬프지만 어쩔 수 없는 이별이었다. 우리 닭들이 고양이가 아니라 할머니 할아버지에게 잡아먹혔다는 사실은 한참 지나 어른이 된 후에 알았다.

그때 엄마가 나에게 "성은아, 할머니가 아리랑 삐약이 잡아드신다는데 괜찮아?" 하고 물어보는 장면을 상상하면 끔찍하다. 만약 내가 착한 어린이 연기를 하고 싶어서 "맛있게 드시라고 하세요"라고 대답하는 모습을 상상하면 그건 더 끔찍하다. 나는 분명 울며불며 안 된다고 했을 것이고 그래도 닭들은 잡아먹혔을 것이고 나는 그 사실을 알고 마음 깊이 상처받았을 것이다.

원일이를 떠올리면 힘이 세고 엄마 아빠를 설득시킬 수 있는 어린이였다는 기억이 있다. 그러나 원일이가 청소년기를 지나면서부터 나는 더 이상 엄마 아빠를 설득시키지 못하는 무력한 청각장애인 남동생의 모습을 보게 되었다. 청소년이 된 원일이가 바라는 것들이 부모님이 들어주기에 너무 어려운 것이었는지 아니면 원일이가 바라는 것들이 너무 미숙한 판단에서 비롯된 것이었는지 나는 모르겠다. 다만 내가 확실하게 아는 것은 다 자란 원일이를 보면 어린 시절 원일이 뒤에 숨어서 원일이가 엄마 아빠를 설득해주길 바라던 나, 성은이의 모습을 보는 것 같은 기분이 들었다는 것이다. 그래서 청소년이 되고서 나는 자주 원일이 편을 들었다. 나에게 다 큰 원일이 편을 드는 일은 어린 성은이의 편을 드는 일과도 같았다.

연약한 시절에 대해, 연약한 것들에 대해 생각할수록 연약한 것들끼리 서로를 돕고 싶어 하면서 조그맣게 성을 내던 모습들이 떠오르고 그것들이 얼마나 귀하고 서글픈 마음이었는지를 떠올린다.

나는 우리가 키운 닭들은 시골을 헤매고 다니던 배고픈 길고양이들이 우리에게 허락받지 않고 잡아먹은 것으로 기억하기로 했다.

하
굣
길

1

초등 4학년 성은

232

더 나이가 들면서 나는 멀리서 원일이를 발견해도
큰 소리로 부르지 않았다.

특징: 반에서 달리기 꼴등

소리 지를 힘으로 달리는 게 나았다.

그리고 더 나이가 들면서 원일이는
'미안하다', '안 들렸다'는 말을 하기 시작했다.

원일이가 뭘 잘못한 것인지 아무리 고민해도
알 수가 없었지만 원일이는 그렇게 말하곤 했다.

236

코가 매울 땐
코를 쓰다듬어주면 된다.

나도 오늘
초밥 정말 맛있게
잘 먹었어.

'원일'은 내 동생이 열일곱 살이 되기 전까지 썼던 이름이다.
열일곱 살에 원일이는 '현민'으로 이름을 바꿨다.

어릴 적에 원일이는 말을 늦게 시작했다고 한다.

247

정말 아빠를 닮아 그랬던 것인지는 몰라도,
원일이도 세 살 무렵엔 말을 시작했다.

원일이가 청음인으로서 듣고 말할 수 있었던 기간은 너무 짧았다.
네 살 이후의 말은 모두 들리지 않는 세계에서 배운 것이었다.

원일이가 계속 별 탈 없이 자랐더라면
가족끼리 이런 대화를 추억 삼아 나눌 수 있었을까?
원일이는 현민이가 될 필요 없이 계속 원일이였을까?

왜?

어... 예...
무...어...

어-제 저녁에는
무엇을- 먹었어?

청음회관에도 물어봤는데
이유를 알 수가 없었어.
그래도 아예 안 들린 건 아니었고
최소한은 들렸거든. 그래서
괜찮다고 생각했던 것 같아.

그래도
수술을 받겠다고
결심했잖아.

인공와우

거의 등 떠밀려서
했지. 난 인공와우 수술보다
중학교 올라가는 게 더 걱정이었어.
특수학교가 안 되면 대안학교라도
가고 싶었는데,

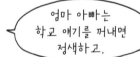
엄마 아빠는
학교 얘기를 꺼내면
정색하고.

254

내가 가진 백 가지 좋은 것

이십대의 어느 날에 나와 내 친구는 '내가 가진 백 가지 좋은 것'을 적어보기로 했다. 나는 대학 졸업을 앞두고 불투명한 미래에 불안해하고 있었고 친구는 잘 다니던 대기업을 그만두고 나온 자신의 결정을 후회하고 있는 상황으로 어쩐지 바람에 흔들리는 연약한 갈대 같은 모습으로 세상 앞에 서 있는 상태였다. 우리는 뭐라도 해서 불안을 달래고 싶었다.

가진 것을 백 가지나 쓰려고 마음을 먹으면 백이 작지 않은 수라는 것을 알게 된다. 백 가지를 채우기 위해서 이것저것 가진 '물건'들을 써 내려가다 보니 어느 순간 내가 너무 가벼운 인간인가 하는 생각이 들었다. 그러면 좋은 친구, 좋은 가족, 좋은 환경… 이런 것들을 써보자는 마음이 들었다. 그런데 한참 그런 걸 써 내려가다 보면 내가 너무 환경에 의존해 사는 사람처럼 느껴지는 것이다. 그래서 내 긍정적인 성격, 치밀함, 이런 것들도 좀 적어 넣었다. 그런데 이게 자화자찬 같으니까 머쓱해져서 그만두고 뭘 쓰나 머리를 굴리다 보니 적당한 게 나왔는데 바로 손가락이 다섯 개 있다, 눈이 두 개 있다, 다리가 두 개 있다… 같은 것들이었다. 그것들을 쓰다 보면 백 개를 채우는 일이 어렵지 않았다. 신체에 멀쩡한 부분이 많다는 것을 확인하는 것이 내가 어떤 물건을 가졌거나 어떤 친구를 가진 것보다도 더 기쁘게 느껴지기도 했다. 그렇게 우리는 '백 가지 쓰기'의 마지막에 자신의 사지 육신이 얼마나 멀쩡한지에 대해 감탄하고 기뻐하면서 즐겁게 백 개를 채울 수 있었다.

내가 쓴 것들 중에는 이것도 있었다.

"청신경이 손상되지 않은 달팽이관."

원일이는 열두 살이 되던 해에 '인공와우' 수술을 받기로 했다. 인공와우라는 신기술 자체가 생소하던 때였다. 인공와우는 고막과 소리뼈를 대신하는 외부장치(마이크)와 내이(內耳)로 신호를 보내줄 내부장치(수신기)로 이루어져, 외과 수술을 받은 이후에 작동이 가능한 기계장치이다. 외부장치인 마이크를 통해 소리가 들어오면 내부장치가 그것을 전극을 통해 내이로 전달하고 내이의 전기자극이 뇌로 전달되어 소리를 들을 수 있게 하는 원리로 작동된다.

당시 기술로 두개골을 일부 절개해 달팽이관 근처에 임플란트를 삽입해야 하는 정교한 수술의 특성상 숙련된 전문의에게 수술을 받아야 했다. 또, 귀 안쪽이라고는 하지만 사실상 두개골 내부에 위치한 임플란트의 손상을 막기 위해서 수술을 받은 이후로는 격렬한 운동, 그리고 머리 부위에 가해지는 물리적 충격을 최대한 피해야만 했다. 기계 가격 또한 만만치 않았다. 낯선 수술에 대한 두려움과 부작용에 대한 부담감을 무릅쓰고 수술을 결심한다고 해도 수술비와 기계 값으로 당시 이천육백만 원 가량을 지불할 수 있어야 마침내 인공와우 수술대에 오를 수 있었다(지금은 보험이 적용되어 육백만 원 정도면 수술을 받을 수 있다고 한다).

우여곡절 끝에 부모님은 돈을 마련했고 원일이는 수술을 받았다. 이제는 20년도 넘은 옛일이다. 20년이 지나면서 많은 청각장애인이 인공와우 수술을 받았고 이제 인공와우 수술은 고심도 난청에 시달리는 청각장애인들을 위한 희망적인 보조 치료법으로 자리 잡았다. 관련 복지 혜택도 원일이가 수술을 받던 때와는 비교할 수 없을 정도로 잘 갖춰져 있다.

하지만 지금과는 달리 이 수술이 안전한지, 효과를 장담할 수 있는지, 그렇게 큰 수술비는 어떻게 마련할 것인지… 결심을 망설이게 할 이유가 많았던 그 당시에 수술을 결심한 원일이와 부모님의 생각이 궁금했다.

무엇보다 내가 가장 궁금했던 건 이거다. '열두 살의 원일이는 수술을 받고 싶어 했을까?'

엄마는 확신을 가지고 그 당시에 원일이가 수술 받기를 원했다고 말했다. 원일이는 청음인으로 태어났으나 뇌수막염에 걸린 뒤 청신경이 심하게 손상되어 후천적으로 양쪽 귀 모두 고심도 난청이 된 경우에 속했다. 그래서 그 애에겐 단순히 소리가 작게 들리는 것만이 문제가 아니었다. 청력이 너무 많이 손상되었기 때문에 단순히 음량을 키워주는 것만으로는 부족했다. 그러니까 '소리를 키워주는' 기계인 보청기만으로는 분명 한계가 있었다. 반면에 인공와우는 '청신경이 상해버린 달팽이관의 역할을 대신해주는' 것이었으니 부모님에게는 원일이를 위해

보청기와 인공와우 둘 중 어느 쪽을 선택해야 하는지가
너무나 명확하게 보였을 것이다.

엄마는 수술을 받은 후에 원일이가 그 전보다 잘 들
린다고 좋아했다고 말했다. 그나마 초등학생이던 때에
수술을 받은 덕에 아들이 지금은 더 나은 생활을 하고 있
다고 믿었다.

인공와우 수술을 받고 시간이 많이 흐른 지금 원
일이는 '더 들리는 생활'에 적응되어 훨씬 편하다고 했
다. 그래도 그 당시에는 수술받기를 원하지 않았다고 했
다. 머릿속에 임플란트를 심어야 하는 생소한 수술을 받
는 것도 두렵고, 부모님이 그렇게 큰돈을 써서 수술을 받
게 해주는 것도 부담스러웠다고 했다. 무엇보다 열두 살
의 원일이로서는 보청기와 인공와우가 뭐가 다른지 차이
를 잘 알지 못하겠으니까 구태여 수술을 받을 필요가 있
나 하는 생각이 들었다고도 했다. 수술 이후에도 이전보
다 잘 들을 수 있게 되어서 좋았던 것보다는 갑자기 소리
가 들리기 시작하니 어지럽고 구역질이 나서 몇 달간 고
생했던 것을 먼저 기억하고 있었다.

하지만 무엇보다 인공와우 수술 직후에 바로 일반 중학교에 진학했던 점이 원일이에게는 가장 힘든 점이었다고 했다. 인공와우는 수술 후에 언어치료를 따로 받아야 한다. 막 중학생이 된 원일이는 언어치료와 매핑(환자가 듣기 편한 만큼 소리 자극을 조절하는 일)을 받기 위해 자주 조퇴를 해야 했고 그런 식으로 '특별대우'를 받는 원일이에게 불만을 품는 급우들이 있었던 것이다. 그저 몸의 기관 중 한 군데가 고장이 나서 그걸 기계로 바꿨고, 그 기계를 잘 사용하기 위해서 반드시 필요한 치료를 받으러 가는 것뿐인데 그 기관이 고장 나지 않아 기계로 바꿀 필요도 없고 적응을 위해 노력할 필요도 없는 같은 반 친구들에게 미움과 무시를 받으며 학교를 다니는 마음은 정말 불편했을 것이다. 가능하기만 했다면 원일이도 인공와우 수술을 받을 필요도 없고 언어치료를 받으러 다닐 필요가 없어서 조퇴를 하지 않고 친구들 사이에서 눈에 띄게 특별대우를 받지 않아도 되는 쪽을 택하고 싶지 않았을까.

인공와우 수술은 그 이후에 단순히 잘 들리거나 잘 들리지 않게 되는 일을 떠나서 어느 정도 원일이의 청소년기 교우관계와 사회성에도 영향을 미친 것이나 다름없었다. 인공와우 수술은 난청 기간이 짧았던 환자일수록 그 효과를 기대할 수 있다고 하니 돈과 결심만 준비되었다면 하루라도 빨리 수술을 받는 것이 좋았지만 그 당시의 원일이에게는 잘 들리는 것만큼이나 교우관계나 학교에서의 사회생활도 중요했을 것이다. 어느 쪽이 더 중요하다고 어느 쪽은 포기해도 괜찮았을 거라고 선뜻 말하기가 어려운 일이다.

원일이에게 학창 시절이나 장애와 직접 관련된 경험을 물어볼 때는 어쩐지 매번 미안한 기분이 들었다. 원일이가 먼저 나서서 얘기해줄 생각이 없으면 물어보지 않는 것이 좋다고 생각해왔기 때문이다. 그리고 엄마나 아빠에게 장애인 아들을 보살핀 일에 대해 물을 때와 장애인 당사자인 원일이에게 장애와 관련한 경험을 물을 때 돌아오는 대답 속에 담긴 마음의 무게 추가 서로 많이 다른 위치에 있었기 때문에 그 사이에서 균형을 찾아 상황을 파악하는 일도 즐겁지만은 않았다. 그래도 원일이는 내가 뭔가 물을 때마다 의외로 담담하고 가벼운 태도로 대답을 해주었고 지난 상처는 지나간 일일 뿐이라는 태도로 대하고 있었다.

"미워하고 원망해도 해결되는 문제는 없잖아."

자신은 그저 불어오는 바람 앞에서 갈대처럼 고개를 숙이면서 재난을 피하고 싶다고 원일이가 말했다. 그러니까 그때는 미처 못 썼지만 지금이라면 '부드러워서 꺾이지 않는 갈대 같은 동생'을 목록에 넣을 수 있겠다고 생각하면서 '내가 가진 백 가지 좋은 것'을 쓰던 날이 떠올랐던 것이다.

이제 어떻게 해야 해.

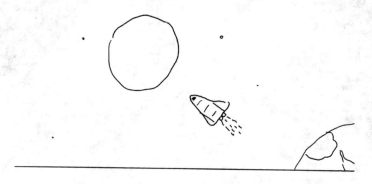

원일이는 '이상한 소리를 내면 안 된다'며
자주 혼이 났다. 틱장애 진단을 받았는데도 그랬다.
염치를 챙기며 사는 일이 누구에게나 쉬운 일은 아니라고 해도
그건 우리 가족에게 특별히 더 힘든 일인 것 같았다.

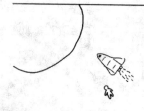

다른 사람들에게 미안하지 않으려면
원일이에게 미안해야 했고

원일이에게 미안하지 않으려면
다른 사람들에게 미안해야 했다.

말하는 법을 배우기

청소년기를 맞으면서 내가 발음하는 방식, 누군가와 대화할 때 손짓을 하거나 표정을 짓는 방식이 다른 애들과 좀 다르다는 사실을 어렴풋이 깨닫게 되었다.

우리 집에서는 했던 말을 두 번 이상 반복했다. 말을 했으면 알아들었는지를 확인했다. 대화할 때 과장된 표정이나 손짓과 몸짓을 곁들인다는 점도 남달랐다. 윈일이에게 가닿는 소리들의 음량이 한정적이니 최대한 다른 방식을 동원해 표현해야 했다.

사춘기에 접어든 나는 그런 식의 과한 행동이 또래 사이에서 모자라거나 어설퍼 보일 수도 있겠다고 느꼈다. 하지만 이 부분을 깨달았다고 해도 언어를 배우던 시기에 학습한 말하기 습관을 한순간에 고치기란 쉽지 않았기 때문에, 그때부터 나는 오랫동안 '어쩐지 특이한 화법'을 신경 쓰면서 살았다. 예를 들면 말을 할 때마다 혹시 내가 두 번 이상, 반복해서, 강조해서 말하고 있지는 않은지, 내 표정이 과장되어 있지는 않은지, 입을 너무 크게 벌려 말하는 건 아닌지, 자음과 모음에 맞춰 입 모양을 만들고 있지는 않은지 스스로 체크하는 식으로 말이다.

청소년기의 깨달음 이후 관찰을 통해 알게 된 것은 대부분의 사람들은 대화를 나눌 때 비언어적 소통 방식을 '과하게' 사용하지는 않는다는 것이다. '잘 듣고, 잘 말하는' 사람들끼리는 '과하게' 표현하며 대화를 나눌 필요가 없다는 것이다.

가족과 함께 살 때에는 다른 사람들도 다 '그러는' 줄 알았다. 우리 가정은 나의 세계였고 우리 가족은 내 세계에서의 최고 선인들이었으나 그 세계 밖은 전혀 다른 곳이었다. 알던 세계 밖으로 나온 나는 '그러는' 게 사람을 더 쿨해 보이지 못하게 하고 좀 모자라게 보일 수도 있게 한다고 생각하기 시작했다.

스무 살이 넘어가면서부터는 점점 우리 가족이 부담스러웠다. 너무 큰 목소리, 과장된 몸짓과 표정, 한 번만 말해도 알아들을 수 있는데 반복해서 말하고 여러 번 대답하는 것까지.

나는 장애가 있는 원일이에게 맞춰진 환경에서 성장

했기에 흔히 집에서 배우는 것들을 대부분 독학해야 했다. 직접 부딪히고 고생하고 좌절하면서 스스로 배워야 했다. 많은 것을 혼자 배우느라 고생하는 일이 늘어갈수록 나는 점점 가족을 멀리하고 싶은 사람이 되었다.

가끔 엄마는 나에게 너무 차갑고 이기적인 애라고 말하곤 했다. 하지만 도시 한편 허름한 구석에서 세련되고 평범한 사람들과 부대끼며 살면서 그 세련된 평범함을 동경해 부지런히 그 뒤를 좇다 보면 그런 말쯤은 쉽게 잊을 수 있었다.

나는 한국에 살면서 한국어를 능숙하게 하는, 그러나 어떻게 해도 한국인처럼은 말하기 어려운 내 미국인 남편을 사람들이 환대하는 것과 한국에 살면서 한국어를 능숙하게 하는, 그러나 어떻게 해도 비장애인처럼은 말하기 어려운 원일이를 보고 사람들이 별 감정을 느끼지 못하는 것을(혹시 느끼더라도 동정이나 연민에 가까운 감정을 느끼는 것을) 동시에 본다.

교묘하고 견고한 차별과 혐오의 높은 벽 앞에서 더 아름답고, 더 건강하고, 더 부유하고, 더 활기차고, 더 나은 환경 속에서 더 힘센 나라의 언어를 쓰는 사람들이 존중받고 당신도 그런 사람이 될 수 있다고 용기를 북돋는 말들은 가득하지만 당신이 덜 아름답고, 덜 건강하고, 덜 부유하고, 힘이 없고, 어려운 환경 속에서 자신을 표현할 제대로 된 언어를 갖지 못했다고 하더라도 가치 있다고 말하는 소리들은 작아서 자세히 귀를 기울여야만 들리는 것 같다.

말하는 방식을 구분하기 시작한 것으로 나는 우리 가족을 바깥세상과 구분 지었다. 아마 그때 차별을 스스로 학습했을 것이다. 어른이 되면서 나는 가족을 멀리하고 싶었다. 가족에게서 떨어져 나왔고 자립하기 위해 고군분투해왔고 그럭저럭 해냈다.

하지만 어떻게 살아야 하는지에 대해 생각할수록 가족을 온전히 받아들이고 내가 어디에서부터 잘못되었는지 찾아내 바로잡지 않으면 안 된다는 초조함 또한 마음속에 들어서고 있었다. 언제든 내가 덜 아름답고 덜 건강하고 덜 부유해지고 언젠가 힘은 다 빠지고 환경이 어려워져 나를 표현할 언어가 마땅치 않을 때가 온다면 그런

나를 받아주지 않을 사회 안에서 과연 내가 스스로 건강
하게 내면을 일으켜 살아갈 수 있을지 자신할 수 없었다.
가족을 제대로 이해하고 받아들이는 일을 하지 않으면,
내가 어딘가 잘못 판단한 부분을 풀어내지 않으면 영영
이렇게 어딘가 꼬인 채로 살아야 할 것 같았다.

뉴밀레니엄을 맞이해 우리 집에도 컴퓨터가 생겼다.

특징: 시끄럽다.

<프린세스 메이커>나
<바이오하자드>,

<더 하우스 오브 더 데드>
같은 게임을 같이 했다.

그즈음 우리 집도 이사를 했다.
더 큰 집으로 이사하면서 이층 침대를 버렸다.

아빠와 나는 점점 자주 충돌했다.
아빠와 원일이도 자주 충돌했다.

간혹 만화책이 찢어지거나

컴퓨터가 부서지거나 했다.

어느 날에는 인공와우도 부서졌다.
원일이는 재수술을 했다.

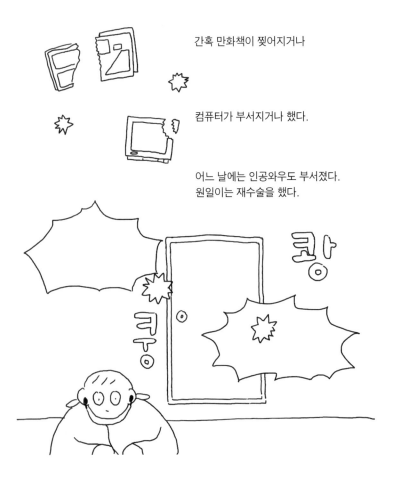

우리는 여전히 어렸지만
더 이상 순진하지도 천진하지도 않았다.
감정은 들끓고 그것을 통제하기가 쉽지 않았다.
밀레니엄버그는 일어나지 않았고
노스트라다무스의 지구 종말 예언도 빗나갔지만
그때까지 어린아이의 마음으로 지켜오던 것들이
서서히 부서져가고 있는 것을 느꼈다.

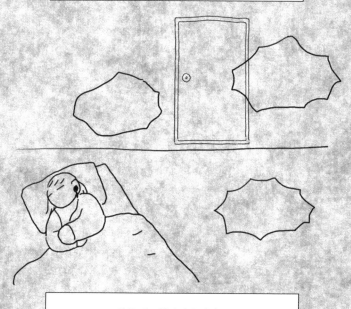

원일이는 현민이가 되었고
이층 침대는 버려졌고
우리는 각자의 방에 틀어박혔다.

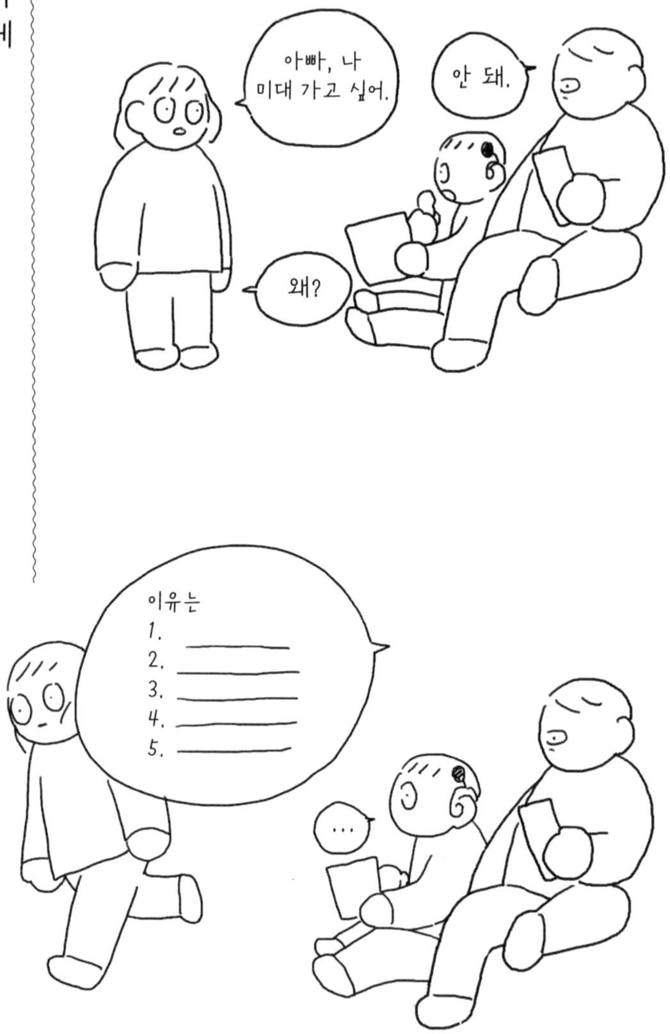
아빠, 나 미대 가고 싶어.
안 돼.
왜?
이유는
1.
2.
3.
4.
5.
...

나와 현민이는 청소년기에 접어들면서
'다른 애들처럼 무난하게 좀 살아'라는 말을
많이 들었다.

나는 열아홉에 대학생이 되면서부터
집에서 나와서 살았다.
그 후로는 내가 원하는 일을 혼자 결정하고
실행한 뒤 집에 통보만 하곤 했다.

283

부모님이 지지하지 않은 길을 가고 싶었을 때
현민이보다 내가 더 선뜻 그 길을 택할 수 있었던 이유에서
장애가 없었던 점을 제외할 수가 없다.

한 가정 안에서 자라도 주어진 조건들이 평등하지가 않다.
그것들을 무시한 채 무난한 사람으로 살기란 무난한 일일까?
무난한 사람은 어떻게 사는 사람일까?

극
복

'극복'은 우리 집에선 특히 아름답게 여겨질 만한 단어였다.

현민이에게도 극복은 아름다운 단어였을까?
적응, 친구 같은 단어들이 훨씬 더 아름답지 않았을까?

노래방에서

　우리 집 분위기는 자주 원일이 위주로 흐르는 것 같았다. 그래서 난 소리를 듣지 못하는 원일이가 부럽기도 했다. 나도 장애가 있으면 이 정도만 해도 잘했다는 말을 들을 수 있을 텐데, 나에게도 장애가 있으면 엄마 아빠가 다투는 소리는 안 들어도 되니 속 편할 텐데, 만약 나에게도 장애가 있으면….

　청음인 세 명에 청각장애인 한 명인 집. 그러나 곰곰이 돌이켜보면 청음인 세 명의 '듣는 생활'에 청각장애인 한 명이 편입하기 위해 애쓰는 환경이었다.

　우리는 원일이와 자막이 없는 코미디 프로그램을 봤다. 예능 프로그램을 봤다. 드라마를 봤고 노래방에 갔다. 네 명이서 대화를 나눌 때에는 입 모양을 크게 하고 목소리를 크게 했다. 나와 엄마 아빠가 함께 나누는 대화를 궁금해하는 원일이에게 성의 없이 대꾸했다. 가끔 밖에서 나는 우리 가족의 대화가 창피했다. 소곤소곤 말하는 가족들이 부러웠다. 그런 걸 창피해하면 안 된다는 걸 아는

데도 어쩔 수 없었다.

　텔레비전에 나오는 웃긴 프로그램을 온 가족이 보면서 웃을 때 분명히 원일이도 같이 웃고 있었지만 가끔 서글프지 않았을까 궁금해진다. 노래방에 가면 조명이 빙글빙글 돌고 가족들이 신나 보이니까 같이 신이 났겠지만 부족한 기분이 들지는 않았을까? 부모님이 싸울 때, 소리가 들리지 않는다고 해도 그 불안한 분위기를 느끼면 무슨 상황인지 너무나 궁금하지 않았을까? 궁금해서 누나인 나에게 물어봤지만 누나도 제대로 대답을 해주지 않으면 쓸쓸하지 않았을까?

　어린 시절의 원일이는 또래보다 키가 월등히 크고 체격도 다부지고 잘 먹고 잘 웃고 활발한 개구쟁이였다. 친구가 많았고 책 읽는 것도 좋아했고 지식을 습득하는 속도도 빨랐다. 하지만 초등학교 고학년이 되면서부터 친구들과 관계 맺는 일에 어려움을 호소했다.

　그 어려움은 쉽게 사라지지 않았지만 특수학교에 가지 않고 집 근처 중학교에 진학했다. 책을 여전히 많이 읽었지만 학업에서 좋은 성적을 내지 못했고 말수가 줄었고 가끔 우울해 보였다. 고등학교에 진학해서도 책은 여전히 많이 읽었지만 학업에서 좋은 성적을 내지 못했고 컴퓨터와 보내는 시간이 길어졌고 예전보다 화를 자주 냈다. 그리고 현민이로 이름을 바꿨다.

원일-현민이가 중학교, 고등학교 시절 어려움을 겪었던 이유는 청음인의 세계에 더 빠르게, 잘 편입하지 못했기 때문일까? 만약 원일-현민이가 비록 청각장애인이지만 청음인들의 세상에서 살아남는 요령을 터득했다면 (그 요령이 뭔지는 모르겠지만) 중학교, 고등학교 시절을 편안하게 보낼 수 있었을까? 설령 그 괴로운 시절을 딛고 대학 진학에 성공했다고 한들 적지 않은 시간 동안 쌓아 올려진 분노와 무기력함은 다시 어디로 흘려보낼 수 있었을까.

현민이는 장애인 특별전형으로 충북대학교 국어국문학과에 입학했다. 충북대학교 장애지원센터에서는 현민이가 어려움 없이 학업을 이어나갈 수 있도록 매 학기 매 수업마다 대필 학생을 짝지어주었다. 현민이의 대필 학생은 성실하게 수업을 보조하고, 현민이가 미처 알아

듣지 못하는 수업 내용을 꼼꼼하게 공유했다.

현민이는 대학교를 다니는 내내 성적 우수 장학금을 받았다.

나는 분명히 우리 가족이 원일이를, 원일이가 현민이가 된 후에도, 위하면서 살아왔다고 생각했는데 돌이켜보니 원일이도 우리를 많이 위하면서 살아왔다. 원일이에게 가족은 들리지 않는 자신을 세상과 이어주고 보호하고 위해주는, 너무나 소중한 존재인 것이다. 그것을 알아서 자신도 가족을 위하고 보호해야 한다고 생각했을 것이다. 가족들이 원하는 대로 해야 한다고 생각했을 것이고 그렇게 해왔을 것이다.

초등학교 저학년 때 우리는 〈짱구는 못말려〉의 극장판 애니메이션을 너무 좋아해서 똑같은 비디오를 몇 번이고 다시 빌려다 보곤 했다. 최근에 스트리밍앱에 올라온 영화들을 둘러보다가 20여 년 전 어린 시절 우리가 보던 것과 더빙이나 편집이 똑같은 버전의 영화가 그대로 올라와 있기에 반가운 마음으로 재생을 눌렀다. 중간까지 보다가 나는 어떤 깨달음에 깜짝 놀랐다. 자막 없이 한국어로 더빙된 영화였던 것이다. 일본 대중문화 개방 이전 시기에 우리가 접할 수 있던 일본 애니메이션은 오로지 한국어로 더빙된 것들뿐이었다. 원일이는 그때 어떻게 소리밖에 나오지 않는 애니메이션을 보면서 나와 같이 즐거워했을까?

나는 영화를 보다가 소리를 껐다.

장면을 따라가며 상황을 열심히 짐작해봤지만, 소리가 없는 애니메이션을 보면서 머릿속은 온통 물음표로 가득 찼다.

예전에 원일이와 볼 때는 인터넷도 없고 스마트폰도 없었으니 모르면 모르는 대로 넘어가야 했을 것이다. 그땐 원일이가 나에게 내용에 대해 시시콜콜 물어보지도 않았는데… 그런데 웃기는 장면이 나오면 나랑 와하하 웃었는데… 원일이는 안 들렸을 텐데…. 〈짱구는 못말려〉는 슬픈 영화가 아닌데 눈물이 났다.

우리 가족이 해온 일들을 돌이켜보면 잘못한 사람이 없는데도 뭔가 다 잘못된 쪽으로 흘러가는 내용의 영화를 보는 것 같은 기분이 든다. 빙글빙글 돌아가는 조명 아래서 누군가 함께 웃고 있다고 신나게 노래를 부르는 사람들, 그저 다 함께 행복하고 싶었을 뿐인 사람들이 나오는 영화. 나도 장애가 있으면, 하고 생각했던 마음이 얼마나 철없는 것이었는지 안다. 비장애인의 편의 위주로 지어진 사회에서 비장애인으로 산다는 것이 내가 인식 못하는 커다란 혜택임을 이제는 알기 때문이다. 빙글빙글 돌아가는 조명 아래서 다들 웃고 춤추면서, 웃지도 춤추지도 못하는 사람들은 신경 쓸 필요가 없는, 그렇다 해도 누구 하나 나쁜 사람일 리가 없는….

주변 사람들이 다들
특수학교엔 절대로 보내면
안 된다고 했어. 우린
그래야 되는 줄 알았고.

그때는
엄마 아빠도
많이 힘들었어.

서울에 온 뒤로 한때는 현민이와 함께 살았다.
요리는 주로 내가 했다.

순간 너무 화가 나서 집 밖으로 뛰쳐나갔다.

빛과 빚

우리 남매는 두 살 터울이지만 내가 초등학교를 한 해 일찍 입학하는 바람에 초중고 시절엔 세 학년 차이가 났다. 그러니까 내가 고등학교 3학년이던 때 현민이는 중학교 3학년이었다. 그리고 내가 대학생이 되어서 집을 나가 자취 생활을 하는 동안 현민이는 고등학생이었다.

우리는 게임이나 영화에 대해선 수다를 잔뜩 떨면서도 각자의 일상생활에 대해선 시시콜콜 이야기를 나누지 않았다. 그래서인지 현민이가 고등학교 생활을 어떻게 하는지, 진학에 대해서는 무슨 생각을 하는지 그때는 미처 알지 못했다. 현민이도 딱히 말하고 싶어 하지 않는 것 같아서 물어보지 않는 게 덜 귀찮게 하는 것이라고 생각했는지도 모르겠다. 가끔 엄마에게 현민이와 아빠가 의견이 달라 충돌하는 일이 잦아졌다는 소식만 전해 듣곤 했다.

대학교를 졸업한 후 서울로 왔을 때 현민이가 몇 달

간 그 집에 들어와 함께 살았다. 그때 걔가 막 취업한 직장이 서울 근교에 있어서였다. 집에 머무르는 시간이 긴 내가 현민이 몫까지 청소를 하거나 빨래를 해주거나 밥을 챙겨주곤 했다. 현민이는 자기가 방 한 칸을 차지하고 있기도 하고 내가 집안일을 해주니까 고맙다면서 매달 20만 원씩을 내놓았다.

동생과 함께 지내니 덜 외롭고 덜 무섭긴 했지만 고향을 떠나 크고 낯선 도시에서 사는 일은 내가 예상했던 것보다 더 어려웠다. 가난한 나를 매일 확인하는 일 같기도 했다. 서울은 온통 반짝이고 빛나고 높은 것들로 가득 찬 도시였지만 반짝이고 빛나고 높은 마음들로 가득 찬 도시는 아닌 것 같았다. 돈으로 돈을 버는 종류의 직업을 가진 사람들이 존경받거나 부러움의 대상이 되는 모습을 자주 보았고 어쩐지 마음이 헛헛해지면 나는 손으로 하는 일에 파고들었다. 스스로를 예술가라고 여기면 내가 가진 존엄이 사라지지 않고 내 안에 계속 있을 것 같았다. 그리고 부끄럽지만 그때는 그런 기분에 너무 심취해서 잠시 경제활동을 뒷전으로 생각하던 시기였다.

돈 버는 일에 덜 집중하는 대신 돈 쓰는 일에도 집중

하지 않기로 하고 이상한 절약 생활을 시작했다. 혼자 식사를 할 때에는 거의 매번 밥과 소금과 계란을 볶아서 끼니를 때웠다. 나는 그 당시에 볶음밥이 정말 좋았다. 재료비도 많이 안 들고 만들기도 쉽고 웬만하면 맛있고 설거지도 적게 나왔으니까. 그렇게 시간과 돈을 아껴서 열심히 작업을 하지는 않았고 멍 때리고 앉아 있거나 친구들을 만나서 가난과 서울에 대해 떠들거나 뜨개질을 했다. 그냥 좀 어린애였다.

어느 날 현민이가 볶음밥을 먹기 싫다면서 화를 냈다.

나는 맨날 볶음밥만 먹었어도 현민이한테는 나름대로 신경 써서 요리를 해주려고 했지만, 기력이 달리거나 시간이 부족한 날에는 "너도 이거 같이 먹을래?" 하면서 볶음밥으로 때우는 날도 자주 있었다.

그날 마음이 좀 더 여유로웠다면 잘 달래거나 부탁이라도 했을 텐데 그날은 나도 어쩐지 서운해서 그냥 볶음밥 먹으면 안 되겠냐고 고집을 부렸다. 그랬더니 현민이가 더 화를 냈다. 짜증이 오가다 현민이가 내가 만든 볶음밥은 맛이 없다고 소리를 질렀다. 나는 참지 못하고 화를 내면서 집을 뛰쳐나갔다.

내가 만든 볶음밥을 거부한 현민이에 대한 분노를 삭이지 못하고 뛰쳐나가 거리를 떠돌다가 같은 동네에 살고 있는 친구에게 전화를 걸었다. 내 심정을 털어놓고 나를 다독여주는 목소리를 들으니 위로가 됐다. 그렇게 친구 덕분에 금세 기분이 풀려 터덜터덜 스스로 집에 돌아갔다.

그날은 우리가 싸우고 서로 미운 감정을 느낀 최고 높이의 날 같았다. 어릴 때야 못생긴 표정 지었다고 싸우고, 눈앞에 있었다고 싸우고, 별일을 다 가지고 싸웠어도 우린 평균 이상으로 사이좋은 남매였고 서로 그걸 알고 있어서 싸우더라도 마음에 타격을 입은 적이 없었는데 그날은 이상스레 속이 상했다. 내가 만든 볶음밥이 그렇게 맛이 없었나? 자존심도 좀 상했다. 막연하게나마 볶음밥이 문제가 아니라는 건 알 것 같은데 뭐가 문제인지는 몰랐다. 계속 불편하게 지낼 수는 없어서 대충 화해는 했지만 찜찜했다.

이틀 후 퇴근을 하고 돌아온 현민이가 평소와는 좀

다른 표정으로 말을 걸었다. 그러고는 학교 다니던 시절에 대한 이야기를 해주었다.

현민이는 비장애인 아이들과 인문계 중고등학교에서 공부하는 것이 많이 힘들었다고 했다. 제대로 듣지 못한다고, 자기들처럼 말하지 못한다고 무시하고 함부로 대하는 아이들과 선생님들, 그 사이에서 꿋꿋이 버티는 일이 쉽지 않았다고 했다. 특수학교로 전학을 가고 싶다고 부모님에게 몇 번이고 말씀드렸지만 매번 단호한 거절만 돌아왔고 그 때문에 아빠와 갈등이 깊었다고도 했다. 용돈벌이를 하려고 다니던 물류센터에서도 지나친 하대와 공정하지 못한 대우 때문에 매일 억울했다고 했다. 어쩌다 가물에 콩 나듯이 상식적으로 대해주는 사람이 있으면 그 사람 덕에 버티는 거라고 했다.

현민이는, 자기에겐 이런 식으로 울컥하거나 화가 나는 일이 아주 많이 있어왔고 지금도 매일 생기는데 대체로 잘 참고는 있지만 참는 일이 쉽지 않다고 했다. 그날은 나까지 자기 말을 무시한다고 느껴서 울컥했다고 했다. 이미 먹기 싫다고 얘기한 적이 있는 볶음밥을 먹으라고 하니까 누나마저 자기 말을 무시한다고 느꼈을지도 모른다. 다른 사람들이 자신의 말을 들어주는 것. 아마 그건 현민이에게는 특별히 더 대단하고 중요한 일일 것이다. 그런 얘기를 하는 와중에도 자기 때문에 누나는 부모님 관심도 많이 못 받고 하고 싶은 것도 마음껏 못 해서 미안하다고 했다. 그런 누나에게 버럭 성질을 내서 미안하다고 했다.

그때까지 현민이는 그런 얘기를 작정하고 한 적이 없었다. 자기 얘기를 여간해서는 안 하는 애였다. 체념에 익숙해져서 속내를 털어놓는 일 같은 건 무의미하다고 생각했을 수도 있다. 그 순간 나도 현민이가 지나온 괴로움들을 이해 못 하는 사람의 위치밖에 되지 않았다는 것을 알았다. 어떤 괴로움들은 속에서 잠시 꺼내지는 것만으로도 사는 일을 좀 더 나아지게 한다지만 그때 현민이에게 어떤 위로를 건네는 것조차 위선처럼 느껴져서 눈물이 나왔다. 다 큰 이십대 어른 둘이서 테이블에 마주 앉아서 훌쩍훌쩍 울었다.

현민이와 싸웠던 날 친구에게 현민이를 욕하면서는 나만 억울했다. 그렇게 별로인 나라도 위로해주는 친구가 있었던 덕분에 다소 가벼워진 마음으로 집에 돌아갈 수 있었는데… 큰 일이든 작은 일이든 털어놓을 친구 하나 없이 혼자서 분을 삭인 뒤 미안하다고 사과했을 현민이를 생각하면 내가 너무 싫어진다.

나는 현민이 뒤에서 소외되어온 내 외로움에 의미 부여를 하는 일에만 집중해서 고독과 현명하게 관계를 맺고 자기를 들여다보는 요령을 익히는 데 게을렀다. 그래서 볶음밥 싸움을 계기로, 내가 어떤 부분에서 지금까지 어린애처럼 굴어왔다는 사실을 더 이상 외면할 수가 없었다.

현민이는, 이건, 저건, 어쩔 수 없다고 생각하면서 얼마나 여러 번 외면하고 싶은 고독의 징그러운 얼굴을 억지로 쳐다봐야만 했을까. 고독 그 자체는 그 애를 함부로 휘두르지 못하는데도 고독의 원인이 되는 편견이나 혐오, 이기심이나 무관심 같은 것들이 언제 어디에나 고약하게 있어서 그 애에게 빛이 될 만한 것들이 뿌리내리는 일을 자꾸 방해했을 것이다. 얼마나 번거롭고 자주 어려웠을까.

몇 달 후 현민이는 내가 사는 곳에서 멀지 않은 동네

에 작은 자취방을 얻어 독립했고 몇 년간 거기서 혼자 살았다. 현민이 방은 갈 때마다 대체로 물건들이 각 잡혀 잘 정리되어 있었고 내 집보다 깨끗했다. 서울이 고향이 아닌 우리는 서울에서 따로 살면서 한 번씩 만나 영화도 보고 밥도 먹었다. 여전히 게임 얘기를 하거나 영화 얘기를 했다. 볶음밥 때문에 심하게 싸운 이후로 현민이는 부쩍 나에게 밥을 사주겠다는 말을 자주 하는 것 같았다. 나도 점점 돈을 벌게 되어서 현민이에게 맛있는 밥을 사줄 수 있었다.

현민이는 직장을 옮기면서 부모님 집으로 돌아갔지만 나는 여전히 서울에서 살고 있다. 이만큼 밀도 높은 도시에서 10년 넘게 살아본 건 처음이다. 서울엔 뭐가 너무 많다. 이곳에서 나는 마음에 걸리는 것들을 자주 모르는 척하면서 살았다. 내가 모르는 척하고 지나친 것들을 비난하고 공격하고 학대하는 사람들까지도 모르는 척했다. 어떤 것들은 외면하면 할수록 그것들을 외면하지 않고 똑바로 마주 보거나 아파하는 사람들에게 빚지면서 살아가는 일임을 알게 되었다. 어떤 것들이 내 영혼에 흠을 내고 있는지 똑바로 보지 않으면 생면부지의 마음들에도 빚을 지면서 살게 될 수 있다는 것을 알게 되었다. 현민이가 힘들게 털어놓은 속내를 듣고 슬펐던 날을 떠올리면 내가 많이 빚진 사람이어서 그렇게 괴로웠다는 것을 알게 된다.

어떤 날에는 어쩔 수 없이 어딘가에 빚을 질 수도 있겠지만 잘 갚고 싶다. 되도록 스스로도 모르게 만드는 빚은 없으면 좋겠다. 그러면 빛나는 것들을 더 잘 찾고 더 잘 바라볼 수 있을 것 같은 기분이 든다.

엄마가 들어가지 말라던 방엔
아기가 누워서 자고 있었다.

아기가 너무

정말 너무 예쁘다고
생각했던 기억이 난다.

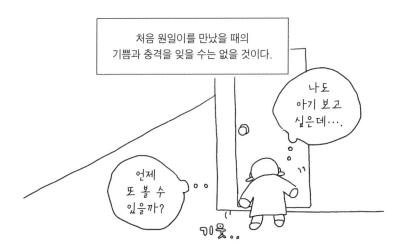

원일이

원일이를 처음 보았을 때의 어렴풋한 감동이 기억난다. 아기가 너무 예쁘다고, 소중하다고 생각했던 것과, 내 짧은 인생이 대단하게 느껴졌던 기억. 나는 막 태어난 아기보다 앞서서, 이 생명체가 없는 세상을 2년이나 먼저 살아본 사람이었다. 동생이라는 아기가 태어남으로써 내 인생에는 돌봄이 추가되었다. 그래도 좋았다. 내가 정말 잘해줄게, 나는 너보다 2년이나 더 산 누나니까, 그렇게 생각했다.

그러니 원일이는 그 애의 태어남 자체로 내 세 살 인생을 대단하게 만든 것이나 다름없었다. 이후 우리가 겪게 될 어려움이나 슬픔 같은 것들을 그때에 예상할 수 있었다 하더라도 나는 원일이를 소중하게 여겼을 것이다. 원일이를 처음 만난 순간만은 내가 지키고 싶은 어떤 열쇠처럼 느껴진다. 그 속에는, 내가 태어나 부모를 향해 느낀 감정 외에 가장 강렬하게 느낀 탄생의 기쁨이 있었으므로.

세 살 아이가 갓난아기를 보면서 내가 정말 잘해줄게, 하고 생각했다면 아기가 그토록 아름다운 존재임에도 불구하고 너무나 무력하다는 것을 본능적으로 알았기 때문일 것이다. 세 살 아이도 힘없는 존재를 보면 잘해줘야 한다는 것을 안다. 그런데 이상하게도 어른이 되면서 나는 그 사실을 잊었다. 함께 살아가는 중에 어려움에 처한 이들을 의지가 있는 존재로 존중함과 동시에 그들이 도움을 받는 일 역시 마땅하다는 사실을 존중해야 하는데, 나는 도우며 살기 싫어서 오랫동안 동생 이야기를 하지 않았다. 하지만 이제는 좀 알맞게 살고 싶어서 우선 나를 돌아보고 내가 오래 맴돌던 그 자리에서 벗어나기로 했다.

즐겁게 노는 일에 몰두하던 천진하던 시절의 나는 내가 이런 어른이 될 줄은 몰랐다. 오래오래 원일이를, 원일이와 같은 이들을 존중하고 보살피면서 자신의 사람됨을 확인하며 사는 사람이 될 줄 알았을 것이다. 원일이가 나를 보살핀다는 것에 대해, 내가 원일이와 같은 이들에게 보살핌을 받을 수도 있다는 것에 대해선 생각하지 않고 사는 사람이 될 줄은 몰랐을 것이다. 심지어 나는 원일이가 이름을 바꾸어 현민이가 되고, 청각장애인이면서 청음인들의 사회에 맞춰진 요령들을 터득해서 쉽지 않지만 애쓰며 살아가는 모습을 당연하게 여기거나 때로는 부족하게 여기기도 했다. 장애 가정에서 자랐다고 해서 주변을 더 잘 보살필 수 있는 사람이 되는 건 아닌 듯하다. 나처럼.

내가 어떤 사람인지 알려면 원일이에 대해 알아야 했다.

이 이야기를 만들면서 원일이라는 이름을 오랜만에 여러 번 부르고 썼다. 원일이 이름에 쓴 한자는 근원 원(源)에 한 일(一)이다. 이름은 할아버지가 지어주셨다고 한다.

어떤 이름은 의미가 너무 거창하면 그 이름을 가진 사람 팔자를 고달프게 만든다고 한다. 근거가 있는 이야기인지는 알 수 없다. 원일이의 이름을 현민이로 개명할 거라고 얘기하면서 엄마가 그랬다. 엄마는 그렇게 얘기하면서 무난한 이름이 가장 좋은 이름이라고도 했다.

그래서 원일이는 첫 이름에 비해 덜 거창한 의미를

가진 현민이라는 새 이름을 얻었다. 부모라면 아이가 더 특별하고 빼어나기를 바라는 마음이 없지 않았을 텐데, 나의 부모가 바랐던 건 고달픔이 예견된 아들의 삶이 그 저 개명으로나마 무난해지는 것이었다.

나는 아직도 부모의 마음에 대해서는 잘 알지 못하 겠다. 그래서인지 원일이라는 이름을 떠올리면 아기였던 원일이, 어린이였던 원일이, 현민이가 되기 직전 청소년 이었던 원일이가 떠오르면서 무난한 이름인 현민이가 아 니라 원일이라는 이름이어도 건강하고 즐겁고 좋아 보였 던 시절이 그려진다. 그때는 나도 원일이도 어렸고 어린 이들이 어쩔 수 없는 일로 슬퍼하는 건 부모의 몫이었 기 때문에 그렇게 기억할 수 있는지도 모른다. 그렇기 때 문에 현민이가 원일이이던 시절의 기억이 나에게 소중한 것이다. 아기 원일이를 보고 그 빛나는 존재에 감탄하던 마음처럼 티 묻지 않은 기억들이 그때에 있어서. 그런 기 억들을 떠올리면 힘들고 우울했던 시간을 이해할 수 있 을 것 같아서.

영화 〈라이언 일병 구하기〉에서 제임스가 형들의 얼굴을 떠올리는 장면을 좋아한다. 흐릿해져가는 형제들의 얼굴을 기억하려 애쓰면서 살아서 집으로 돌아가야 하는 이유를 되새기는 제임스에게 존 대위가 '형들과 함께한 일을 구체적으로 생각해보라'고 말한다. 그러면 얼굴이 떠오른다고.

이 책을 쓰면서 나도 원일이와 함께한 날들을 구체적으로 기억해보려고 했다. 어린 시절에 살았던 동네, 이사한 집들, 원일이와 함께 놀았던 베란다, 학교에 가던 길…. 흘러온 장소들을 떠올릴 때면 장애인이 된 지 얼마 되지 않은 원일이, 점점 지치고 화가 쌓여가던 원일이, 현민이가 된 원일이, 그리고 슬프거나 골치 아픈 일들은 외면하고 싶던 나의 얼굴이 선명해졌다.

누군가와 함께했던 시간을 떠올리고 얼굴을 기억해

내는 것으로 살고 싶은 마음을 얻을 수 있다니 사람은 정말 이상하다. 다 지나가버린 지난날들을 돌이켜보았을 뿐인데 사는 일이 이제 시작된 것 같다.

현민이와 원일이에게 물어보고 싶다. 조금 불편했겠지만 나랑 놀아서 좋았냐고.
그랬다고 하면 좋겠다.

서로의 마음을 읽을 수 없어 안타깝고 화가 나기도 했지만 그래도 헤아리려고 노력하고 상상하고 손을 잡으면서 우리가 매일 조금씩만이라도 더 다정한 사람이 되는 일을 해왔다고 믿을 수 있으면 좋겠다. 우리 가족을 벗어나 또 다른 누군가와 그 일을 반복하면서 함께 잘 살자고 말하고 싶다.

조금 불편해도 나랑 노니까 좋지

초판 1쇄   2024년 1월 5일

지은이   김나무
편집   조형희, 이재현, 조소정
디자인   일구공스튜디오
제작   세걸음

펴낸곳   위고
등록   2012년 10월 29일 제406-2012-000115호
주소   경기도 파주시 돌곶이길 180-38 1층
전화   031-946-9276
팩스   031-946-9277
이메일   hugo@hugobooks.co.kr

ISBN 979-11-93044-09-4   03810